夏天集

王蒙 著

花城出版社
中国·广州

图书在版编目（CIP）数据

夏天集 / 王蒙著. -- 广州 : 花城出版社, 2025.7. -- ISBN 978-7-5749-0572-6

Ⅰ. I247.7

中国国家版本馆CIP数据核字第2025NM3851号

夏天集
XIATIAN JI

王蒙/著

出版人	张 懿
责任编辑	杜小烨　李嘉平
技术编辑	凌春梅
责任校对	汤 迪
装帧设计	张贤良
出版发行	花城出版社
经　　销	全国新华书店
印　　刷	广州市岭美文化科技有限公司
开　　本	880毫米×1230毫米　32开
印　　张	6.625　6插页
字　　数	140,000字
版　　次	2025年7月第1版　2025年7月第1次印刷
定　　价	58.00元

版权所有·侵权必究。如发现印装质量问题，请与出版社联系。
联系电话：020-37604658　37602954

活着就要游泳，努力而为。

目录

代序　游泳是个信念　　　　001

夏天的念想　　　　　　　　005

高雅的链绳　　　　　　　　073

夏之波　　　　　　　　　　115

夏天的奇遇　　　　　　　　143

夏天的肖像　　　　　　　　193

代序　游泳是个信念

我见到过，一位高龄人士，坐着轮椅被推到水边，在服务人员的帮助之下，艰难地下了轮椅，下了泳池。他游起来了，如鱼潜浮，潇洒自如，左右逢源，姿态圆熟。

我见到过，白浪翻滚，别人在风浪中，站也站不稳，而会游泳的人，举重若轻，若无其事。老子说"治大国，若烹小鲜"，游泳高手弄高潮如履平地。技高人胆大，勇者无惧。

我见到过，尤其在欧洲，泳者在岸上花里胡哨，展示体态肤色，享受性情浪漫。动辄点上冰激凌、咖啡，说着，晒着，美着，帅着，享受啊。但是，我自己属于"傻游"型，很少有人像我那样，到了岸边就下水，进了水就游，一游就进深海，上岸就走。沙滩有利于拉动内需，有利于人际和谐，有助于健康美好丰富的生活。我忙碌的心态辜负了阳光海滩，对不起。

我也遭遇过，独自出游，游出去500米，仰泳回岸，以为快上岸了，翻过身来一看，方向偏移，结果是离岸更远了。我倒吸一口凉气，想到聂耳的游泳事故，只能鼓励自己慢慢蛙泳，正道返回，全须全尾，回来了。

游泳是体育健身、亲近自然的日光浴、冷水浴、空气浴，是勇气的锻炼，是"五四"以后兴起的新的生活方式，是一种对于健康和大自然的拥抱。毛主席、邓小平他们那一代革命家对于游泳的执着，宣示着中国式现代化的序曲。

游泳是生活水准，是小康生活，是健康中国，是向着强健化突进的民族精神；是不怕冷，不憋气，不怕风险，强化心脏、肺活量、肌肉，以至全身各个系统；是长进神经与全身的适应功能；是乘风破浪、上下自如，从必然王国到自由王国的解放；是三观积极，是全面的健康与乐观，是把握住自己身心的责任感、顽强感和智慧感。

从十八岁到现在，我年年游泳。在新疆农村，在伊犁河里游，在窑坑里游；在乌鲁木齐，我在红雁池水库来自雪峰的冷水里游，从五米崖顶跳下去，睁着眼体验从起跳到下落到入水的三阶段过程。我也从西西里岛下水，在地中海的特勒尼安支海游过水，在墨西哥城游泳池的四米跳台上跳水。我犯过一次错误，在香港中文大学游泳池一米高跳板上起跳时，没起跳就直接翻转身体，这样就失去了跳跃加速度成为零时的轻盈，我感到的是自己变成了一条纯粹的大麻袋，狠狠重重地抛入游泳池里。

我也在零下四十度的哈尔滨看到过冬泳。冬泳健儿们告诉我，当气温在摄氏负四十度时，跳入凿开冰层的水温正四度的松花江，感到的当然是极其温暖。

活着就要加餐和运动。活着就要学习和阅读，活着要干活。活着就要游泳，努力而为。王蒙九十鲐背矣，鲐是一种鱼，王蒙没有辜负这种命名。

能游泳，喜游泳，坚持游，是我对生命、生活与现代化的信念。同胞们，到大风大浪中去，游泳吧！

夏天的念想

一、夏天来了

每年夏天一到来就兴奋起W，知道美好的又一次新鲜快要与W见面，一年一度的快乐即将与W重逢，生活里多了一点期待，期待里多了活泼、速度、浪花、海风、肱二头肌和比目鱼肌，阳光明媚与大雨冲刷，轰隆隆，雷，电。

这儿的故事从W说起，是第三人称兼类似第一人称。2024年6月初，W是一只鸟，飞翔在阿尔泰山山区上空，陶醉于打开、敞开、旋转得高高低低、清清楚楚了的边疆辽阔。那里有墨绿枞树林，碧绿丘陵草原，纯洁清流、跳跃敲击、雪浪四溅；山谷，硕大无边的湖泊——新疆叫"海子"；色白有趣与稀罕珍贵的哈萨克族毡房与图瓦人木屋。（据报道，俄罗斯前国防部长绍伊古是来自俄罗斯的图瓦人。）砍劈凿刻的峭壁山石，鬼斧神工，堪称杰作、豪华的、飒飒飞驰的众新公路，感人至深；而伟大寂静、敞开胸膛、期待重塑的戈壁滩，更加前景无限，还有四面环绕的、深层次的、雍容高傲的雪山。

完整无缺的戈壁，修起平整、矫健、豪华的柏油道路，一辆又一辆，远看像是串在一起的系列交通工具，几十辆旅游大巴车驶过，再驶过。无论怎么说，这里和平，这里开阔，这里也有艰难。然后山河戈壁继续寂静而又磅礴，期待着雄强富庶。

一个月后，W等待的，等待W的山岭戈壁将变成大海，鸟成鱼，重访的回忆再次涨潮。搏击，冲浪，扬帆，云天，晒黑了皮肤与面孔。就这样，又当邂逅夏至后的暑大暑小，之后会是嫌它出现得急了一点的"秋"韵。W的旧体诗里，说法是："促织声声天渐清，盛夏未已秋风。"幸亏秋了还有秋阳，有秋老虎。它们都欢迎W，吸引W，等待W，又有一点伤感与无奈，W与他的伴侣们。W的新疆，W的北戴河，每见一次，相隔整整一年。想到这两个地方，时间计算单位不是天、周、月，而是年。于是伤怨新疆与北戴河使得时间更加逝者如斯，加速驰骋，人生更加坚决给力，W更加接近高龄收摊却还屡屡受到鸡毛蒜皮事务的干扰。想它们，见它们，重逢屡屡，倏忽几十年矣。于是原乳儿匆匆大学毕业，原青丝倏忽银发银须，原来一道挥毫吟咏的友人，墨迹未干，转眼归天，悲莫悲兮伤别离。新疆与北戴河，你们维系着爱恋，强化着、提示着、凸显着时间的无价与无情，威严与不二。时无价兮，万物葱茏。时无情兮，渐起秋风。时充盈兮，积蓄文艺。时痛惜兮，或尔成空。

二、文学篇章

不需立碑,文学就是碑铭。你叹息,而生命、文字能够比你长存并且生气洋溢。于是,青春小说可以万岁,而小说本事哪怕衰微,迟生二十五年的书复活四十五年了,仍然生动保鲜。黛玉的泪水没有干涸,普希金的怀恋亲切千古。假如生活欺骗了你,写成诗,能温暖那些或是被"欺骗",或是被轻松耍弄了的人和事,以及冻出了伤痕的你的心。原来,普希金所吟咏而后人不解的所谓欺骗,也可能只是误解误读,不是生活的有意为之。生活不应该受到起诉。不愉快也是整个生活的一个难忘和宝贵的部分。它们益发衬托出理解、爱护和友善,经拉又经拽,经蹬又经踹。有时误解、猜忌、委屈等,是充实人生的光灿烘托。编写过"颠倒锦瑟"的W,比较了李商隐的"昨夜星辰昨夜风"与约翰·列侬的披头士名曲 *Yesterday*,

他说:"昨天的魅力在于,它像'今天'一样切近贴身,像'前生'一样永不回返。"噢,一般地说,这也就是文学的秘密,文学是另类生活,文学抚摸、拥抱与温暖着你的已经度过、已经告辞了的往日。文学是流水、时间、一瞬和永恒,人生得意须诉说,莫使文学空洞洞。文学是生命的一种长远而有魅力的形态,是生命的纪念与存证。虽然有过匆匆赶车的文学过客试图指出生命概念是可疑的,因为生命有涉黄的内涵,一笑。

同时,W有一点怕你们,有一点怜惜乃至疼痛你们,有一点凝视和发呆你们,文学,艺术,伟大。W的亲爱的、迷人与砥砺人的新疆,W的亲爱的北戴河连通大洋的渤海,还有掩蔽在丁香树下的写作屋文学车间!你们造就了、成全了、恩泽了W,你们将W从四十四岁调教到了今日九十岁。你们不无疲累与博得一笑的"酸的馒头"(sentimental)——感伤。你们使一年的时间变得如一天、一小时、一瞬,一扬眉,一摇头,不再了。往日青年,如今一去不复返,往日诤友、良友、憾友、愚友,已不在家园。悲伤,同时多么幸运!生了,活了,不傻,也当真不坏;爱你,爱生活,爱学习,爱家国,要革命,当真革命了;胜利了,还有那么多经历,那么多变化,那么多深一脚浅一脚,那么多错了,又对了;模糊了,又清楚了;掉到坑儿里了,又站起来了。高兴得像是驾起云霞,光耀得像是上了冠军金牌榜，并且打破国家、亚洲与世界纪录，升五星红旗奏国歌，礼兵军号，正步走。你与生活、与时代一起庄严。

一切的曲折都是黄金段子。总是逢凶化吉，遇难呈（不是成）祥。一切的恶语都是小杂耍儿，张跟头竖直溜儿，吴桥县硬气功。一切的艰难都被俯视，好像小女孩玩的抓子儿，小男孩玩的髀石（羊骨）。哈哈哈，叽叽叽，啦啦啦，嘚嘚嘚，快意人生三百年！W缺少许多，但是不缺少经历。

啊，人生！啊，经历！啊，世界！啊，文学！好事坏事，都是千金难买的好故事。写坏事还能得到阅读与小心眼子的快感、同情与怜悯。写好事，容易被不忿直到羡慕嫉妒恨。原因之一，重要的原因是文学。

文学是"经国之大业，不朽之盛事"（曹丕）、"地维赖以立，天柱赖以尊"（文天祥）、"满纸荒唐言，一把辛酸泪。"（曹雪芹）、"由来同一梦，休笑世人痴"（高鹗），"或看翡翠兰苕上，未掣鲸鱼碧海中"和"笔落惊风雨，诗成泣鬼神"（杜甫）。还有域外金句："世间的一切都是为了通往一本书"（马拉美）、"怕的是对不起自己遭受的苦难"（陀思妥耶夫斯基）、"世界以痛吻我，而我回报以情歌"（泰戈尔）、"忧郁，是歌曲的灵魂"（纳瓦依），"那些虚构来自真诚的幻想"和"世界的本质，不是一个目的与形体，而是一个感受与篇章"（博尔赫斯）。而W去过西柏林两次他私宅的君特·格拉斯说，他从事写作是由于"别的事情都没有做成"。他在贬低文学吗？

不，不是，亲爱的朋友，热烈的小朋友，请不要轻易上火。这里当然有吊诡与自嘲，但更多的，是德国式的、睁大眼睛的"丁是丁，卯是卯"。《铁皮鼓》作者的话语应该是指文学的代价与苍凉——文学是诸事无成的结果？而那么多事做不成，又何尝不是沉浸于文学，笃诚沉迷没顶，从而结出的苦瓜？干脆说，没有做成其他，常常是文学必须付出的代价！你受不了文学的百事无成吗？快快抛掉你手里的笔！有几个文学人平平坦坦地成就文学了呢？"古来才命两相妨"（李商隐），"文章憎命达，魑魅喜人过"（还是杜甫）。这里的"才"，是文学之才，不是实干之才，不是战斗之才，不是公关之才，不是经营之才。而影片《巴尔扎克》里，法国大作家、只活了51岁的巴老先生反复哀鸣："是文学妨碍了我的爱情，是文学妨碍了我的生活。"文学有时硬是妨碍了生活！毛姆的小说《月亮和六便士》，写了高更大画家，中年开始倾心艺术，给全家尤其是配偶带来灾难感、恐怖感和绝望感，幽默而且残忍。吴承恩、蒲松龄们的一生，更是君特·格拉斯刺心言语的绝对铁证。W从君特的话中听出来的是文学的老辣，是文学的悲辛。真正的文学充实着、丰富着，也索取着、折磨着人生。有几个真正的文学大家活得热闹红火，像W？当然，

W付出了也记住了不平凡的二十余年狼藉岁月。至于您，您这位，W终于有所理解和关注的哥子，伟大的人瑞期颐，您自己早就不愿意承认自己曾是文艺人了。W写了诗、散文、小说、论说，全活儿，献给您，2024，豪华的夏天。

三、您的憋闷还有忧伤

W相信,您是文艺的把式全活儿,美术、音乐、舞蹈、戏剧、曲艺,尤其是文学写作与文艺评论。如果您有兴趣,摄影和杂技,您也照样是天才全才。W明白,他越来越愿意相信,您亲爱的鲜明特色,其实也是真诚的认知:人生、社会、一切的一、一的一切,关键是威望、权力、位置、大势,雷霆万钧,像国产推土机与盾构机。W感动于您少年的真诚。为了追逐革命,您十六岁时走烂了三双草鞋,您双脚流着血来到了老区……您一心革命,您大声呼喊,您吹响冲锋号,特别是您到任了以后,日思夜想:搞一次大的不称为运动的运动,树立,洗涤,反思,忏悔,拿捏。所以新世纪到来,您重访圣地,您甚至不大出门。您的眼睛里不能够容纳新街区、数不清的小商店与低俗广告。您的耳朵里不能够接受流行歌曲,哪怕只是

《橄榄树》与《洁白的羽毛寄深情》。改革开放带来的变化,引进了域外批评家叙述域外,质疑现代性的种种的时候,采用的一个词儿:"认同危机。"您不一定熟悉这个翻译词儿,但是您在变革中有同心同意同感同慨。您更不认同的是新生代文学。您大概做报表罗列过它们的罪孽。W永远不会忽略您据说当年的引吭高歌。您本来是歌手,您的腹腔共鸣与声带振动惊天动地,如果努力,您本可以多少靠拢鲁契亚诺·帕瓦罗蒂、普拉西多·多明戈、何塞·卡雷拉斯,成为二十世纪后期世界另一大男高音歌唱家。何况您也写作了极好的歌词,胜过了大师级三位老大。后来您的声带出了一点沙子般大小的问题,您又投身给革命的木刻。其实您也会舞蹈。抗战时期,在蒋管区,在党处于地下状态的时候,W已经看到了,信服了您的木刻作品,您表现的是土改与老边区的"投豆"选举。您终于不唱不跳不刻画也不写歌词了,您献身于整体使命作为,组织、宣传、安排、团结,特别是心中觉得最必要加重要的经常整顿。您完全明白,在中国,文艺人选择的是革命,是斗争;而较少有文艺人选择不革命、动摇与投降。中国文学艺术的革命化比当年的苏联强、坚决、普及。同时,革命选择了左翼,选择了斗士,选择了冲锋陷阵。文艺人选择革命或者不革命,当然,革命就要选择接受或者有条件地接受未免不怀疑忐忑的一些"咸与革命"的小资与小知。您珍视您的老区经验,直到二十世纪最后十年，您还把有些省市说成是"文化根据地"，您几乎要说另外的省市是"沦陷区"。四十多年过去了。二十世纪十年代，您自以为，您深信革命权威选择了您。您多么想如您的前任一样，锤炼大军，一二一，一二一，一二三四！

W知道您难。W理解您的左冲右突，上呼下唤，外患内忧，是非缠辩。您遇到的是老将威严，青年任性，山路崎岖，游水生猛，领导高远。您和您的家属，抱怨地方上新影片完成，编剧导演主演进京，是先找1900年八国联军入侵那一年出生的电影界先辈，而不是找您……您愤慨：生活，到处是新花样；言语，到处是新名词；作品，到处是四不像；歌曲，到处是邓丽君、李谷一；电影，到处是好莱坞、奥斯卡、戛纳；而文学，到处是欧洲拉美，诺贝尔北欧，闹得眼花缭乱，您觉得简直是"反了"。您认定了古已有之的那玩意儿，嗔词曰："世风日下，人心不古。"您报警，您告急，您填膺，您犯上，您觉得您比面带笑容的高尚领导更正确。您得支气管炎直喘，您费尽心思想整比您年轻一点却又比您风光一点的人的材料，您对有些风头正劲的人欲抑之批之而后快。

……是的，许多文艺青年是有缺点的，而且自恋发昏第十三章了，有时当真是胡言乱舞，高烧洋相可怜；虽然他们没有恶劣严重发神经到巴尔扎克与陀思妥耶夫斯基的程度。至于在勒内·费雷编导的法国传记片《安东·契科夫的1890》中，连苏联当年的出版物以及 W 的心里，最高贵、最典雅、最温柔，纯洁忧郁的俄罗斯文学圣人契诃夫，也被表现为神经质的喜剧小猪猡。

这些都过去了。大伙儿站起来了，富裕起来了，强盛起来了。贫穷是一场痛苦，富裕会更加麻烦，好像都做不到知止而淡定。您呢？您的状态是紧急，是警报，是赴汤蹈火的一战。

畅销犹如中彩，票房犹如野火，大家都喊浮躁。而文化，猎猎作响，俨然涌起，席卷众生，覆盖天地，正在溢出您拿捏的手心。新世纪，新情况，与您十多年没见面了。

2022 年春节假日前那天，戴口罩的 W 看到了戴口罩的您，在团拜后的电梯里，您坐在轮椅上。最初，W 并没有辨认出您，W 问候了您，您清醒地回应了 W，似乎有点不情愿。W 看明白了是您，缘分天成，哥儿俩分也分不开。W 欣慰地想了好几天。他愿意发现和体会您的所有美好、坚强、情义、优秀。您的美好是令人鼓舞的，是无憾的人生、历史、社会之美好的重要例证。三十年前就劝过您：要继承老区的美好与坚决，还要承认新因素的添加、发展、扩张。什么和什么……都有可能是必要的与必然的，至少是难免的。也许存在的不完全合理，至少，存在的也不一定只剩下荒谬与混乱。什么和什么……都可能要承认发展与变化。往上报负面材料不能太急，整理告状材料的班子也不宜太大，您怎么会估计不到：整天告急的干部容易被认为是无能与添乱。列宁说："上帝允许青年人犯错误。"是的,您的圈子太小太小。您是好人,但是有的好人也搞小圈子,较劲,使气。搞了小圈子,仍然愿意亲近与尊重您。您是典型。

四、不止两个小时的黑天鹅

　　有一次您感动了W，强烈非常。大家都知道，从2024年算起，七十八年以前，也就是1946年，在革命根据地，您追求过她。那阵子，延安的舞台明星还不太多。她的大方，她的天籁，她的洁净无瑕，她的热情与奔放开展，她是革命队伍的女神，是革命文艺的火炬手，是老区耀眼的明星，是可以为她歌、为她舞、为她冲杀、为她死和生的革命文艺形象与符号。顺便说一下"开展"一词，我们需要讲究更精准的词义。那时候解放区评估干部，很喜欢用一个词曰"开展"，可以说"开展"一词与党史有关联；旧中国与国民党绝对不用也不懂这个词儿。认真、努劲、全才，但是期待更加开展的您，与大方开展的天籁同志，你们一起演唱过《兄妹开荒》；你们一起演出了光未然《黄河大合唱》；您唱了《黄河颂》，她唱了《黄河怨》。还有人说你们一起演过《打渔杀家》,还一起参加了有老一辈革命家与美国著名左翼记者艾格尼丝·史沫特莱在场的舞会。不知道您二位一起跳了多少场《蓝色的多瑙河》与《鸽子》,《步步高》与《娱乐升平》,那神圣延安的青春涨潮的记忆。

但是当您真正求婚的时候,您被拒绝,被劝慰,被删去了。人生就是这样,真正的不一定是真实的,自信的不一定能兑现,苦守的不一定如愿。当然后来您有了另一位美丽的夫人,人们对这位夫人的评价是横空出世、气象万千、高屋建瓴、势如破竹、英气凛然,又一位无敌于天下的选民。您追求而没有得到的可以说是天籁,与您成婚的则至少也是人籁、人精、人雄。即使无敌于世的人籁也不能使您忘记天籁。人籁于2011年因病过世。

天籁艺术家在2014年去世。她的遗体告别仪式,在八宝山一个偏厅举行。仪式定的时间很早,一个半小时以后,还要在同一个厅举行另一个文化大家的终极顶端告别。W生怕误了时间,早上八时赶到殡仪馆。W想:我可能是到达八宝山与天籁告别的第一人。W以为以天籁老革命身份资望,告别应该在正厅,没有想到走到正厅却是另一位W并不算熟悉的大佬。W的到来被认为表现了对陌生老大名人的友好恭敬,受到那边亲属六人的欢迎。W狼狈狈狈地行礼如仪,立马跑掉,跑到偏厅，庆幸自己到达得早。这时等候室只坐着一个低着头的人，过了一会儿才看清，是您。后来得知，您六点半就到了，您孤独一人，在这里，坐了将近两个小时。

　　W感动了。您钟情，您一生忠于您当初的美好理想，美好记忆，美好爱情。W觉得，这里甚至有着某种悲剧性崇高。您在这里，孤家寡人，孤单无语，您是真正的老黑天鹅。您当初没有得到有情人终成眷属的圆融，您获得的是苦恋一生的弥漫与永恒，您守持着一生的无言无果的初恋。恋爱就是这样，成功，您是夫妻眷属、公母偕老，最多是"三言二拍"中的一个段子；不成功，永远是诗，是歌，是人生顶峰的激情纪念，是您最美丽的情诗，是绝对的不朽力作，是您自己的《红楼梦》。您没有忘记当初，您永远与当初、与少年革命浪漫主义同在。既有当初，能无今日？今日您终于得到了与命运性格与您迥然不同的天籁艺术家、革命女神独处两个多小时的机会。在等候室里，您坐着，温习了您的差不多一生，如果算上您的午夜起身、乘坐交通工具前来所用的光阴，肯定您从昨夜已与天籁女神独处，是一夜诗情、温情、热情与悲哀的享受。

　　几个月前，天籁艺术家的配偶在庆祝了他与女神的"钻石婚"以后，驾鹤西去；如今天籁也跟随夫君离开了。天籁有些胖，她十分注意降低自己血液的黏稠度，每天服用降低血小板聚集率的进口药品阿司匹林肠溶片，结果突然发生脑出血后难以救治。人间天上，一得伴有一失。您的那位强大的人籁艺术家贤妻，也已走了三年。您终于可以在最后告别时刻，以唯一仍然活着的、一直爱天籁、永远爱她的男子的身份，终夜不眠，从凌晨三点起床，追忆半个世纪前后的苦恋；追忆您的青年时代、她的青年时代、革命的青年时代，您永远为之骄傲的革命根据地时代；追忆革命加爱情，革命人的爱情，爱情人的革命；追忆宝塔山、延河水，"夕阳辉耀着山头的塔影""你是灯塔，照耀着黎明前的海洋"，整风、座谈会、实践、矛盾、持久战。还有热恋的痴狂，拒绝的眼泪，失望的痛不欲生，此后的藕断丝连，甘甜和苦涩遗憾，长恨歌一曲，含泪度一生。然后您，只有您，一个人那么早，天还黑着，就来到安息了的她身边，尽情享受只有你们两位独处的隐私时光。您可以咀嚼业已天人相隔、曾经相爱半世纪、一直无缘的二人独相处或相独处的揪心与温柔的痛苦，享受你们爱情的永生，青春的永生，信念的永生。人生匆匆，最后，有人守候，有人回忆，永远不忘；值了，可以了，夫复何求？

一位高层领导同志来了，拉着W开始告别天籁革命艺术家。W示意拉起您，请您走在他的前面，当然要尊重您。W看到了您的泪痕。W也流出了泪。当然，您知道，W也知道，正是天籁艺术家，有点想法，不那么赞成您的某些方面，不赞成您对比您年龄小许多、同样具有少共经历和情愫的人，硬是怎么也看不顺眼，您一再搞多层面多方向的认同危机。天籁不同情您对人家的别扭小气。她清清楚楚地说过，一个标榜大话的您，也有狭隘的瑕疵。她喜欢那个比您小许多岁的人的品德与工作，当然那人也有缺失。她明确地多次告诉过他人，那个您看不惯的年轻的存在，有——意义。

五、天籁开展得好

　　天籁艺术家不是声乐艺术科班出身,学校教育的接受也有限。她来自华北平原,来自农村,来自人民大众。她聪明热烈,一清二楚,天生透着明白事理。她还是金嗓子,大号共鸣箱体型,本能地慈祥亲和,具同情心、同理心。更不一般的是她爱学习,爱思考,酷爱阅读,博闻强记,兴趣广泛,读书入迷。这样的人没法不开展。一位极高明的相声艺术家的两个著名段子,其实是出自她提供的来自域外的素材:一个说,夜梦中被楼房上层住户,脱下再甩到地板的靴子声惊醒;一个说,喝醉了想顺着手电灯光往上爬,同时清醒明白地警惕被手电关闭,一落百尺。她还给W讲过印度故事。一个农民受到鲁陀罗神——湿婆大神的眷顾,由于农民一生行善,他可以提出心愿,大神可以满足他的一切愿望,条件是他的邻居将获得他所得到的双倍。老实的农民思索再三,提出了愿望:"大神呀,请把我的一只眼睛挖下来吧。"说完,天籁与W相视苦笑,轻轻吁出一口气。她还讲过内蒙古阿巴格的故事,童年、少年、青年、中年、老年,是人生的五枚金币,人要跨越草原,奔走自己的事业,用好每一枚金币,有开展,有成就,有谱儿,有格调。中华东南西北、世界亚非拉欧美,她和她的艺术都到达了、游历了。她属于读万卷书,飞与行许多个万里路,唱古今中外各式歌曲,谈修齐治平大事的资深大家。她获得过友好国家授勋。遇到喜欢的书,天籁艺术家不但爱不释手,读得通宵达旦,而且买一批到处推荐。由于她的名气身份,她在一批高级老领导、老革命同志中被识别关注的分辨率与注意率极高。爹亲娘亲,同一个战壕的战友更加难舍。每年春节前后,她会收到远比他人收到得多的有大人物签名的贺年卡,于是她在回以更多彩的贺年卡的同时,还加上了她刚刚读过的书。W特别感谢她对于W撰写的书的支持帮助扩充推荐。天籁多次对她的晚辈说过,你们并不完全知道W的好与能。

有趣的是她也引起争议。最美最好是文艺,活活要命的深坑火坑也是文艺。天籁她主持一个演艺集团,尤其是她带出了一批生徒。《太阳岛上》《回娘家》《龙的传人》,还有《咿呀呀噢嘞噢》《梭罗河》《美丽的哈瓦那》……都与她的关注与辛苦有关。她把一批歌曲的流行视作亚非拉第三世界的文化兴旺，她把自己主持的演艺集团引领上"面向市场，面向观众，面向世界"的路子。她的集团，最早由事业单位完全地转化为企业。对此，业内外有不同的反应与评价。想批评改革开放过程中面向市场的文艺演出团体，无须解释，那太方便，太"干赚"了。

　　天籁艺术家多次对 W 谈到过她的一些想法。她说："革命文艺对于革命的胜利，立了大功。我与根据地的革命歌手、作曲家与器乐家们一起喝小酒，喝高了的歌手乐手，干脆说革命战争最早开始阶段，是我们唱歌，唱——赢了的。""中国文化一贯将唱歌与军事胜负联系起来，胜了是'一路凯歌'，败了是'四面楚歌'，还有'高歌猛进'与'商女不知亡国恨，隔江犹唱后庭花'……""台湾的同行们说过，他们学生时代放春假踏青，一大苦恼是没歌儿可唱。聂耳、星海的歌不准唱，当然，黄自、萧友梅的歌也不许唱；贺绿汀的'门前一道清流，夹岸两行垂柳'还是不能唱……'楚歌四面'以后，那个政权只会是'山穷水尽，呜呼哀哉'。""我是参加了大歌舞《东方红》演出的，这很光荣。延安'七大'时候，我们的共产党员一百二十一万人，根据地人口接近一亿。那时候革命者是人口的少数，革命是圣人、烈士、英雄，至少是先行者们的舍命奉献，称得起革命家的人屈指可数。现在我们党长期执政，十几亿人全都跟着我们革命，全民建设社会主义。我们对十几亿人口和子孙后代承担着历史责任,对他们的革命化负责,对他们的吃喝拉撒睡、柴米油盐酱醋茶、婚丧嫁娶、生老病死负责,对他们的吹拉弹唱负责。我们的工作领域、一切的一切,比当年扩容了不知多少倍。我们的心胸,我们的工作,我们的快乐,都在开展开展,还要开展的呀!"

许多年后,W想到老革命天籁的政治思考,嗯呢,现在我们的党员是9918.5万名,全国人口(不含港澳台)是140808万人。W想,是的,我们的执政已经代代相传,我们的接力棒已经交接不止一回。我们尤其需要爱护和帮助一代又一代有希望有才华、有资质的新人。我们的创新细节不一定样样都精准,但是它太伟大了,太了不起了,简直是您没法想象的。我们的创新,那就是摸着石头过河。人类的历史是摸石头过河的历史,我们的革命史、社会主义建设史也都是创造的过程、探索的过程、总结和学习的过程,然后才得到坚持和巩固。我们是为下一代、下两代、下百代筑路、拓宽、守护、探求……提高我们的物质生活,提高和丰富我们的精神生活,唱更多的好歌,听更多的好曲儿,做更多更好更深的音乐,出屈原、李杜、苏辛、曹雪芹、蒲松龄、鲁迅似的诗人和作家。我们还应该出我们的贝多芬与柴可夫斯基。

太厉害了。天籁艺术家的声音是天籁,想法也像天启,激浊扬清,金光闪烁,天风浩荡,脑洞大开。

天籁艺术家谈到了上海芭蕾舞团的歌唱家朱逢博,她的声音是多么委婉——"邓丽君没有嗓子,"她干脆地说,"但是邓的某种文化风度与容色身段成功了。"她还谈到把印度瑜伽引入中国的张蕙兰;谈到美籍华人靳羽西,拿着150美元老本拼创业,推广电视节目《看东方》《世界各地》,经营化妆品,普及健康与美丽的文明知识,教唱非洲原生态歌曲《尼泰古》,也教授推广英语。这些节目与早早在CCTV-1综合频道做广告的日本"精工""西铁城"手表等,一道被人们记住了。天籁的雄浑、直白、呐喊、震撼、纯净、豪迈以及气势,与朱逢博、邓丽君全无共同之处。意义在于天籁心胸开阔,并没有对完全两路的邓或朱,有什么硌应与排斥。W只能称是。孔夫子的孝与礼的文明,都极重视人的举手投足,人的表情容色,天籁不夸奖邓丽君的嗓子,仍然肯定她的容色与某些唱法。大陆、港、澳、台,邓丽君都有听众,而神圣的革命艺术,当然不必蔑视歧视藐视老百姓对于世俗美好的渴求,而是在提高群众水平的同时,为满足亿万人民的需求而奋斗。这是天籁的想法,也是W的想法。一位先前的文艺二号大个子领导,无法容忍天籁的一套说辞,他召开某次会议的时候特别加注解说:不希望"天"女士来。他义愤填膺,前后一贯,鲜明坚决,光明磊落,令人称赞叹服。大个子终生诚诚恳恳,辛辛苦苦,除了正经正确正派的高尚话,一句牢骚低俗八卦引车卖浆的段子也没有说过，也根本不会说。

怎么回事呢？经过了一百几十年的战争、斗争，天翻地覆；经过了中华人民共和国二十多年的惊涛骇浪，人们有了一点温柔，一点小小情调，有了几许多情，拥抱、拉手，人们学会了分别的时候频频挥手致意。同时世俗的一切瑕疵、失态、低层次、丑态开始渗漏走漏暴露出来。歌声带来过温存，W 不喜欢也从来不用"温馨"一词，同时几名歌手出走了。台缘红星，最辉煌的时候到大洋彼岸"洋插队"，端盘子挣小费或者当保姆去了。另一位小声小调、小鼻子小眼、撩人心绪、暖人肝肠的红星为了骗签证，假结婚暴露，被越洋异国移民局宣布终身禁止入境。一个又一个新手作家，今年获奖，明年弃糟糠换新妇，以至获得妇女联合会的揭发抗议。还有黄赌毒、人贩子、贩毒吸毒、偷税漏税、饭圈、喷子、互撕、谣言惑众……看不惯改革开放市场经济者无法不去占据道德高地，大声疾呼。文艺啊文艺界！

使 W 说感动当然感动、说纳闷相当纳闷，又想鼓掌又想摇头的是，天籁艺术家对一位女孩子的施恩。那个小女孩少年成名，唱中国、俄国、印度和德国少年歌曲，风靡一时。后来与一位海峡归来的宝岛艺术人同居。后来远走他乡。后来失联。失联第一年，失联第二年、第三年、第四五六七八……成为大龄青年的早先少年少女、过气明星，突然又出现在歌厅、舞台、屏幕，似乎难知所出，难以相信。W得知，是八十大几的耄耋天籁为她说了许多话，写了许多信，动用了自己的许多老本儿。是善良？是慧眼？是多事？是悲悯？是个性使然？是对少年人的爱？和天籁一起处一处，你不能不认同"人之初，性本善"。后来，自带的新闻比唱红的歌曲多几十倍的"那孩子"，渐渐失声失色，黯然淡化。不属于爱才，"那孩子"，不怎么算得上人才。或属于多管闲事，倒也是一种助人为乐，更是天生的怜爱之心——姑且说。

耄耋仍天籁，天籁恁清明！一声鸣裂帛，再唱震长空。金石音清亮，翱翔势飞腾。慷慨轰雷电，扬长驾霓虹。明察天下事，亟念家国情。心系老小少，情关南北东。切磋多长进，开展意无穷！

六、想念潇洒诗星

我也想起所向无敌的人籁。其实说起人籁的战友与夫君"您",您够幸福的喽!您没有获得天籁的应许,您得到了人籁的力度型热情。大眼睛、深眼窝、厚嘴唇,尤其是完美无缺、恰到好处的下巴和笑口常开中的威严英俊。人籁有话剧演员的声腔,咄咄逼人与见血封喉的雄辩;人的、形象的、姿态的与言语的鲜明高端。呵,天籁有风雨的大气,人籁有金石的铿锵。天籁有世界的本真与痛快淋漓,人籁有人心的强势与饱满丰厚。天籁有"大意'得'荆州"的天真天然天性天良,人籁有精致的心思心意心工心设,曰:"弈棋转烛事多端。"(钱锺书)尤其是二十世纪七十年代,文坛的老领导老师长,十年内乱中受足了迫害,终于重拾光荣原职。老一辈们再次呼风唤雨,权威复活,爱戴加身,同时一个又一个面临交班的荣休时刻。此时,人籁的关键一战打响,运筹帷幄,当仁不让。是的,后来您挑起了担子,您一面向W叹息自己的"人微言轻"(?),一面反复强调,只有一个中心,只有一个。一的一切,一切的一,万象归一,一以贯之,天下定于一。是的,您最可贵的最主要之点,是应有的敬重仰视,心明眼亮。"最主要之点",这是苏维埃社会主义共和国联盟(CCCP)的第一位女拖拉机手传记文学作品的标题。您倾心于"最主要之点"。其实您仍然是一个不无纯真的文艺歌手,您珍惜您的老根据地经验,您珍视您的少年忠诚与早熟。您毕竟并不熟谙革命割据、为云为雨、太极少林、闪展腾挪、举重若轻、驾轻就熟的功夫,您远远没有学好软硬气功与形意招数。您只知道位置势能,却不理解人力人智人品人德尤其人心的能动。您有点呆鸟,对不起。就那么有限的几个名词和事儿,动不动翻来覆去,动不动真急。唉,您仍然是文人歌者,性情中人啊。已经事过境迁,这些事老掉了牙,这些事褪尽颜色。人籁与S,都已经离世。"我们也都老了"——这句台词出自曹禺一鸣惊人的《雷雨》。奇怪,W少年时代开始,看了多次《雷雨》的演出,最感动他的,对不起,不是四凤、大少爷、繁漪的纠葛,而是第二幕周朴园与侍萍的见面,是对老的叹息。就是这样,一瞬即逝,一闪而过……路漫漫其修远兮,叹变易之速疾。

W的老S,W的老朋友S,W的诗人S,W的S诗。往日好友如今已不在身边,再不在身边,永不在身边。"我听见他们轻声把我呼唤"(福斯特的歌)。在那一代青年写作人里,S,是 W 最喜爱、最感动、最佩服、最抱有厚望与期待的。W 还认为,S 是最带有梦幻色彩,最具有俄国普希金与英国雪莱、法国马拉美,乃至苏联马雅可夫斯基与伊萨科夫斯基味道的中国诗家。不仅是诗,S 的作品同时让 W 想起二十世纪四五十年代的苏联文学,《青年近卫军》作者、苏联作家协会总书记法捷耶夫,他在谈论文学创作的文章,特别提到费定的三部曲——《初欢》《不平凡的夏天》《篝火》,提到女主人公李莎的爱情悲剧:"是旧怨吗?"法捷耶夫的自杀颤动了 W 的心。更剜心的是,青年近卫军从奥列格到丘列宁,从邬丽亚到刘巴,他们都是乌克兰人,近卫军所在的克拉斯诺顿,现在出现在乌克兰地图上。费定的鸿篇巨制,是从写基辅、写乌克兰水兵基利尔开始的。不知道为什么,后来的译本称旧俄海军水兵基利尔为伊兹微柯夫。新中国成立头几年,S 的一切都是诗,S 的所见所听所喜所记所想所言都是诗。腰鼓秧歌、天翻地覆、治黄治淮、泰山昆仑、长江大桥、铁路公路、航空航海、春种秋收、水库大坝、合作公社、横排简化、海陆空军、中苏友好、中朝并肩、世界和平,"三八""五一""五四""六一""七一""八一""九一八""十一",十一月七日(是的,十月革命)、一二·九、青年联欢、世界和平……

一切的一切都是诗。革命变成日历,日历激动于党史,党史有血有泪有诗。何况你还有儿童诗、少年诗、妇女诗、天象诗、边疆诗、外事诗,当然还有那样高雅美丽、刻骨铭心的爱情记忆:"在满天的繁星中,我寻找着你""今夜,只有一颗星,对话另一颗星"。S参观了莫斯科克里姆林宫里斯大林与赫鲁晓夫办公室,他访问了圣彼得堡冬宫列宁办公室,S到了圣彼得堡的被普希金热情描述过的彼得大帝——青铜骑士像前。S凭吊了莫斯科新圣女公墓,S崇拜的作家普希金、果戈理、契诃夫、马雅可夫斯基、法捷耶夫,作曲家肖斯塔科维奇,戏剧理论祖师爷斯坦尼斯拉夫斯基,舞蹈家乌兰诺娃,还有陈绍禹即王明都埋葬在那里。W在中央团校二期听过时任法制委员会主任陈绍禹的课。S也去过了圣彼得堡的普希金故居,还有克里米亚的契诃夫别墅;S在黑海边与"带小狗的女人"雕像合影。S告诉W,S看到的克里米亚的黑海波涛与海边报刊杂货亭,一切都与契诃夫百余年前所写,全无二致。……S的青春,S的诗情诗作,S的所见所闻,潇洒漂亮,一股脑儿地充实结实华美富饶。S诗学积淀洋洋洒洒,瓷瓷实实,无比幸福。S的诗永远那样清晰,那样干净,那样具有赤子之心,那样光明通透。S的诗永远像清风,像喷泉,像雨后松山,像朝阳,像秋月,像鱼游清溪,像喷泉瀑布,像灯火辉煌,像歌声嘹亮。

生前从来没有和 S 谈过。S 与 W 有相似处：S 比 W 大一岁，他们都在人民解放战争中参加了革命，S 的地下直接领导人 Y 也恰恰是 W 参加青年工作成为脱产干部以后的首任领导人。但是 1957 年初谈起 Y 来的时候，S 说是想念 Y 却又怕见 Y。怕见 Y？S 说是怕见到 Y 已经发胖，似乎是指怕见到当年的神出鬼没的地下工作者，胜利以后，宴请、被宴请、上桌上席，或许成全了他发福的官体。是的，但是，S 此生从来没有发胖，S 的和 W 的领导 Y 同志，其实也从来没有发过胖。从前是这样，现在还是这样。Y 一直是勇敢的鹰，并不是极端发胖的猪。何况人发胖与成为猪没有必然关联。W、S 他们俩同一年——1945 年——进入中学。W5 岁上小学，10 岁上初中，不满 14 岁上高中并且地下入党，不满 15 岁辍学成为团市委的干部。S15 岁，则蓦地初中毕业不上高中，三年跳过，一跳班进入了高等院校。1949 年，S 已经是大学生……这个，1957 年，W 参加过对"丁、陈"、冯雪峰的批判会议，S 也参加过对"极右"某人的笔伐。1958 年，二人差不多同时补进了另册。

W 的反应是，面对 S 的失足落马，他感到的难过遗憾痛心，超过了反观自己的玩儿完。1959 年底，W 交代了自己对 S 的状态的关心与痛心，一位主持对于 W 的"帮助"的口若悬河的处长级干部，听了 W 的思想汇报，脸上的肌肉动了动，像是小虫子"上了脸"，却终于没有分析和帮助 W 提高对 S

的认识。从政治上看，W更经得起折腾和考验，简历足以说明一切。学识上，S的学历与基础知识，比W扎实得多。W曾经说什么"不但要'斤斤'计较，而且是要'两两'计较的"，S立即告诉W，"斤斤"是指一种谨慎明察、小心翼翼的状态，不是斤两度量概念。类似的教导还有两三次，W敬受其教。

诗人其萎，遗憾难于弥补。诗人的晚年相对低调，或许是S有些看不惯，他要守持知识分子的清纯。2001年，S请辞一个文艺团体的主席团委员，他说他"去意已决"，这个词儿令W不无忧伤。S于2020年在睡梦中离世，享年八十七岁零一个多月。W想说的是，W红火，W深情，W从来没有经营。但W，毕竟是老党员、老干部，同时他一直持续迸发着热爱着文学。W的性格与心理结构、人生选择毕竟不全同于S。S静静地走了，W在外地，没赶得上送别。

……无敌人籁曾经在1979年会议上做大会发言，高调点名表彰S。后来，二人越走越远，近乎相对立。而小说人W与诗人S，始终有友情，渐行渐静，渐行渐稀疏，一切仍然难忘。

1956年第一次全国青年文学创作者会议，以短训班的方式举行，大家住在正阳门旅馆。往事已经68年。W的姐姐，对S诗人，也极崇拜。S是那样正直、广博、明晓、文质彬彬、悄言慢语、情真意醇,也许本来 S 也可有宏伟得多、有力得多的拓张与开展。再见,亲爱的 S 诗人!极其崇拜,能背诵许多 S 诗人的句子的 W 之姐姐,于 2023 年辞世。

七、嗺咚嗺，出来了T呀T

难忘的是1956年，首次全国青年文学创作者会议。对于那时仅发表过一个短小作品的W来说，S焕发着金光。他个子不算高，清爽的身体披着一件风衣。他登上会议用大巴车不算迟到滞后，但是他愿意扶着立柱站在下陷的大巴台阶门口。他的站立有一种帅气，有一种高尚，有一种自信，有一种与众不同的自我欣赏。"在满天的繁星"，在满车的共和国第一代青年作家当中，W注意着你。那时中央人民广播电台播放的"每周一歌"是歌剧《茶花女》中的《饮酒歌》，中文《饮酒歌》是声乐艺术家张权与《茶》剧男一号阿尔芒饰演者李光羲对唱的。这一切定格在W的脑中、心中、耳中。六十八年前，W在心中树立起了S诗人铜像。问题是《饮酒歌》前后另有一首"每周一歌"，湖北民歌《嗺咚嗺》："嗺咚嗺哟呀呀咿儿哟，小妹妹呀情哥哥，金扇银扇海棠花……"W忆定，这首歌是S诗人的另一个logo，是他们的青年时代，共和国青年时代的一个插曲，是最最感人的一首民歌，是他们的岁月、友谊、往事的一个主要的歌证，是永远没有干的一大滴眼泪。然而，这样说，究竟是从何说起呢？这是说不明想不透的一个念头、一个感觉，一个"理还乱"，"只是当时已惘然"，"是离愁，别是一般滋味在心头"。后来的后来，直到现在，再也未能在广播电视里听到《茶花女》或者《喱咚喱》。世上那么多零零碎碎，牵牵挂挂，都是一去不复返。

一度，S与人籁曾经多么亲近。人籁的许多方面也永远难忘。她自称是"见官大三级"，她喜欢向官员嗔怨牢骚，让官员听了像被针灸了穴位，酸麻、解气，疼痛中又那么舒服。她不允许任何人对她说话露出破绽。一位下属到她家说请"您"出席一个活动并且做指示，下属诚惶诚恐地说："我们知道领导最近很忙，本不敢随便打搅……"夫人立即指出："不是最近很忙，从来都很忙！"下属面红耳赤，不再吱声。人籁与W接触的时候喜欢用京油子腔，W以为这是人籁对W特别友好熟稔的表示。还有些新近市井语言，W是从人籁她那边学到的，比如"卖块儿""拔份儿""埋单""搞掂"。能够得到这样的言语超亲切待遇，W不无光鲜满足之感。

好的，从"您"到天籁、人籁，到诗人S，暂且说到这里。现在要请出来的是另一位小哥，大异其趣。他应是本文中最具要紧故事性的主人公，他是 TT。他在首次全国青年文学创作者会议后 35 年，即九十年代进入文艺生活，具有了一个很好的名分，服务与引领文化生活，进入您、天籁、S、人籁、W 与一些角色的视野。后来他夫子自道，TT 自称是从小酷爱文学和艺术的。

……或许是由于文人相轻谁也不服谁，或许是由于几次超大政治运动从文艺界破题，或许是由于从左联到根据地，到五十年代，到二十世纪末，文艺界风风雨雨，接连不断地探索与尝试，许多惊雷与闪电从文艺群团首爆发威。尤其是将国际共产主义运动中爆棚的机会主义"左"与右的命名与分野之说，用到文艺界，用到文艺生活，一个又一个作家、诗人、戏剧家，尤其是评论家、文艺学教授与文艺界领导同志们，你说我"左"的时候，我一准会说你右，他说她右的时候，她一定会说他"左"，使得文艺界的营垒乃至个人的分化与龃龉，鸡毛炒韭菜，月复月、年复年、代复代。面对这种纠缠，一部分文艺人，避左右帽子之辩论唯恐不及。有兴趣投身内斗做出贡献的人则是郑重分析、勇立潮头，意欲有所发挥，享受提法"正确"的红利，摆脱业务与出作品的压力。那时离不了的诗句是"尔曹身与名俱灭，不废江河万古流"（杜甫）与"沉舟侧畔千帆过，病树前头万木春"（刘禹锡）。历史的巨变骤变期间，当然也确有其重要的分歧与明确笃定、不能回避的选择。到十一届三中全会之后，动乱结束，这类"左"与右的互掐却远未结束，有时闹得烦人。人们会想到，最好的办法也许是选出一位单纯的、全能简明的行政官长，不过分介入天知道的文艺学外来一批翻译词语标点造句辨析，不扶持也不冷落任何一种风格特色的文艺人士。也就是说，要的是纯粹的、超越的与保持一定距离的引领，管方向、管方针、管学习、管表态，忘记源远流长、说不清楚也说不完结的，自亭子间左联至今的，各版本的，老太太的被窝——盖有年矣的，"左"乎右焉之持久战。TT是这样一种理想人才，不懂的事他注意倾听，明白了悟，顺水推舟，的确合格；熟语连篇，都说得对；经常带着笑容，调节气氛，一碗水端平，面面都过得去；没见过的，没听过的词儿，他也分辨妥当，适当呼应，点头称是，兴高采烈。他的热烈、努力、团结、一心，钢儿钢儿杠杠的态度飞速地超越了对于某个特定的多半是来自德、俄、英的词语正确含义的商榷，超越了对某一个成语或者俚语或者最新出炉的套语的解释发挥。究竟何者为正确，何者为谬误，这类的较劲到了TT这儿都自然解决或不忙解决，放下，挂起，也是一种解决之道。仅仅是他的和颜悦色、容颜怡人、礼多人不怪、情热人不凉、话多情意重、声高心意长，嗯哎，就带来了和谐团结的气氛。他是为和谐而成为文艺人物的。

一句话，当时没有TT，偌大的文艺人团体闹不下去了。

您屡屡叹息的叫作"人微言轻"，即威严得不够用。TT人家从不叹息，他才不要那么重的权威分量与压力呢。压人者，人恒压之；沉重他人者，人恒沉而重之，硬是让您太吃力，玩不转之。TT懂得什么叫孔子的"过犹不及"与当代报人史家陶菊隐《北洋军阀统治时期史话》中提出来的"留有余地"。他从不钻牛角尖，更不会不满足自己的分量。是他，顺了，齐了，你好我好了，笑了，接受了，不那么争、那么告了，受到欢迎和信赖了。

注意，到了应该提醒W的时候了。人们提倡的是现实主义，包括认知。W参与了书写"三亲"，即亲历、亲见、亲闻的近百年现实，深谙现实主义。W见过把守阜成门的日军和胡同里弄堂里的日军家属。W在1943年见到小学日本"教官"在黑板上写下了"山本"二字，日本教官在教室里如丧考妣地流泪与伤悼这位被美国空军打下座机的日本海军提督，号称"太平洋之鹫"的干将。W得知1945年5月8日以法西斯德国为首的轴心国投降同盟国；希特勒生不见人，死不见尸。W想起了话匣子里播出的日本裕仁天皇8月15日《停战诏书》。W见过从塘沽港登陆的美国海军陆战队士兵从天津向北京开着一辆辆吉普车驶来，北京日据时代的靠左行走立即变为靠右。而在美军开道护航的国民党接收大员们到来之后，北京改成北

夏天的念想　043

平，反美反蒋的斗争掀起高潮……现实、现实，现实已经堆积如山，奔流如河，旋转如风，猛烈如雷电，瞬息万变，泰山压顶，星火燎原。而不现实的后果会如何模样，也是必须关注的现实。还有另一种现实，你的所感所想所愿，所惧所痛所狂，所设计所误解所珍藏，所夸大所缩小，所爱恋所加工添彩，所困惑所误会所歪曲，所拥抱所抚摸所贡献，所宽容所玉成的天知道的现实的精神灵魂，灵魂精神的现实。现实里当然有不少垃圾。梦想里当然有过敏反应的不适偏移，发展与进步里也有付出与怀旧的惶惑，这时，这里，有一种智慧，有一种自律，有一种从容，有一种大数据，有一种中庸与适可而止，立正，稍息！还有要明白：白就是白，黑就是黑，说停就停，说干就干，任何说法，都同时有其他说法；任何做法，都同时有其他做法。TT明白，TT显得心宽润滑。是的，内行有内行的烦琐较真儿，外行有外行的英明鸟瞰。必须说，W其实弄不太清见面自来熟的，一时似乎官运亨通的，至少也是聪明与善于接受领导，当下的说法是富有"执行力"的TT的来历与底气。

与"您"相比，他是另类常人，与W比也不一样，比老区的人另类，比地下党也不同。TT远没有您的高度、信仰、强劲与凌厉，但是他比您也比W谦虚、和气、方便咸宜，还有最最宝贵的稳重、随和、朴实与自我调整。他还是见面熟的"社牛"，啥事解决不了也照样能对付过去。他言轻吗？不，他明白以他的地位与资源，过度追求言重是犯傻的蠢，高炮打蚊子（语出神童作家）是浪费与取笑。TT 第一次到 W 家竟会许愿帮 W"报销"，报销报销报销，报销之说，亦大矣：多么灵活，多么轻柔，一阵风来一阵雨，一番苦口婆心，外加稀粥烂饭。给你报销的项目，有时像滚珠也像保龄球，能放置也能跳跃高远，打好了一击收 5+，弄不好一切等于零蛋。TT 活泼尥蹶儿，练就就地十八滚，同时学到手柔道、跆拳道、相扑，有备无患，努力顺着来。TT 没有避讳，对 W 谈到了在您那里碰壁的情况。W 倒不这样，他知道革命血战时期的同志们的献身性、正义性、警惕性，与执政时期的同志们的亲和性、坚忍性与庸常性难免有别。他愿意从 TT 身上理解新一代"俯首甘为孺子牛"的同志们。同时 W 当然决不多报销一分钱人民币。

　　TT 长得比较健康而黧黑，宽脸盘。他是劳动者，实干、朴素，与人接触中有一种随时待命而起的准备，有一种顺势而为的润滑，有一种脱口秀艺术式的幽默化、大众化、随和化、台缘，更有一种一往无前的冲（阴平）与冲（去声）。而且 TT 的执行力特色是灵活的顽强性。开始似乎是无可无不可，最后定是"可"，尽成可，不可也终于可。您，在岗位上的时候天天发警报、闹反复、转弯子，一帮精英住医院，然后是这帮精英出院；另一帮骨干，再住医院。TT 来了，硬是用通俗滋润社交战胜了上纲上线，用和稀泥捣糨糊代替帽子棍子。TT

往上报的都是成绩，绝对不会成天叫110与119。

W只有一次表现得不无不妥。TT通知W，第二天早晨8点提前到达会场，迎接8点30分可能与会的一位领导；后来又改成让7点30分就要到，紧接着又改到7点20分。W恼了，说了些自以为是、实际上不太满意也不够尊重TT的二话。第二天凌晨飘着小雪花，黑着天，W上会的时候看到TT带人在楼门口等候级别高些的人物的身影。"真不容易啊！"W路过那里，想起曹禺老师的口头语。

是的，赤手空拳的革命者，准备好了与旧社会厮杀，翻天覆地，艰苦卓绝，那是您与W一代的人格基础。"起来，饥寒交迫的奴隶，起来，全世界的罪人！"之后，"罪人"改为"受苦的人"，歌词变成唱"全世界受苦的人"，有了通顺一般，没有了血泪刺痛。正是"全世界的罪人"一词，让阶级热血沸腾，泪流满面。TT不会体会这个，您则行，准的，您其实与W容易沟通。为什么不呢？TT辛苦、豁然，至少对W，从来没有摆出过一丝一毫的高大上牛做派，而恰恰是W，自身做得不够。没有办法，您总是觉得不能相信TT与您一样地革命，再革命，更革命。当然，W与您，也许有时不能做到对TT这样的圆熟滋润者的理解。但是，TT的自诩另有特色：服从领导，实干苦干，坚定明朗，与人为善，大事化小，处事干练，吃瘪在前，保境保民，保安保全。噢，生活有自己的流向,"人往高处走",太好了;毕竟还有"上善若水"与"和光同尘"。生活有时由于浪漫的成功完胜而变现,实现了,从而不再浪漫,从而成为地面现实而失去了人文精神灿烂。人间有化学命题的令人混乱的熵增与熵减。还有一个说法是氧化与抗氧化。然后有卫星上天,红旗落地,官吏益多,志士难觅之认同危机感。

切·格瓦拉是阿根廷的马克思主义革命家、医师、作家、游击队长、军事理论家、国际政治家,更是古巴革命的核心人物之一。他不想当胜利的古巴共和国工业与银行部长,他不愿意认同掌握政权,一心与人民一起过美好的日子的庸常生活,他去玻利维亚打游击,牺牲了。反动派把他的遗体分割成四块,不让他的崇拜者找到。格瓦拉感动了世界。格瓦拉要的是革命的苦行,英雄主义与浪漫主义,喋血的战斗。W在古巴访问的时候,见识了西欧旅游团体诸君与古巴歌手共唱《格瓦拉之歌》的壮丽场面。

是中华文化的此岸性,是百年马克思主义的中国化,成就了我们的革命家领导人,提出了取胜只是万里长征的第一步,提出有些熟悉的东西快要闲起来了,提出马克思主义的精髓是实事求是,贫穷不是社会主义,提出人民的更加美好的生活、美丽中国、全面小康、健康中国、获得感、幸福感……有了解放思想,有了改革开放,有了史无前例的发展、开展、扩展、脱贫；但也提醒了必然会出现的认同危机：对于精神现象一味世俗化乃至某些矮化状况的隐忧。

……TT那天早晨，带领一干人物迎接一位更高层的领导，昏黑的冬日清晨，哆嗦着等待。后来，来了，并没有与大家讨论英雄形象，没讨论马恩的典型环境典型性格，没研究联共（布）日丹诺夫书记与匈牙利国际共产主义学术大师卢卡奇的历史辩证法与艺术辩证法，而只是宣布对文艺精英骨干们的某项待遇。不。革命、建设、中国的现代化、中国梦，是百年大计、N个百年大计，是千年大计，"世界是你们的，也是我们的，但归根结底是你们的……"到底应该怎么样看待和对待后来人呢？乱了套了，TT怎么可能是下一代、后一代呢？TT并不比W年少，二十世纪四十年代，他们都是少年，一个选择了为革命献身，一个选择了自我革命转变。革命的人因为早早地革命了而不无骄傲自尊；转变的人因为转变而焕然一新，同时自谦顺当。面对TT后浪型不同特色同事，W进行了些微混乱的自我检验：吾日三省吾身，幼稚而且自命不凡乎？忽悠而且夸张膨胀乎？兴之所至，有失分寸和未能时时精准乎？令人产生审美疲劳了乎？该歇歇脚了，该一笑置之了，该适可而止了乎？难道一定要不等到讨人嫌并且令人疲劳不算完吗？

八、古怪与蒙圈

后来围绕 TT 夫妇，出现了意想不到、稀奇古怪的情节。"往年古怪少啊，今年古怪多啊，板凳爬上墙啊，灯草打破了锅啊"，这是当年华北地下党推动普及的《古怪歌》，宋扬作词作曲。W 怎么会想起这个早已被忘记的歌儿来了呢？现在说这个老掉了牙的歌，性质自然与当初大不相同，那时候是唱的整个中华民国的末路。现在提起这些词儿来，只是从个别到个别。而世界大势，今非昔比，变局又变局，家更家，国更国，党更党，强更强，火更火，生活更生活，红旗更鲜红，发展更蓬勃。那还用说！！！

先是年前从好友 X 那边传过来 TT 在南方吃了什么民间药方，乃出现负面体征的消息。后来又说是 TT 的夫人 L 需要找 W。W 当时在北戴河创作之家写作，连忙按指引拨打电话给

TT 的夫人 L。L 夫人说是电话里不能谈。W 想不出与从未谋面的 L 女士可能有什么悄悄话，也想象不出在民间药方效果好不好的事宜上，他一个 W 能管什么用。W 回北京后数月，传来 TT 不幸离世的噩耗。叹息之余，W 被 X 友人引领着到 TT 家吊唁。毕竟是同袍同泽离世，是热乎乎的恒温好伙伴前脚走了……W 的习惯是吊唁时拥抱未亡人，发现 L 不高兴，不是由于他的拥抱，而是由于在家的一位摄影师没有拍摄 L 被 W 拥抱的照片。W 说明，请摄影师过来，他愿意再次拥抱 L 同志，他完成了诚心的吊唁。

吊唁次日，L 夫人噘嘴含怒，拧巴着来到 W 家求助，说是 W 应该为她和亡夫，去找一位极高阶、极关键的领导同志，L 指名道姓，让 W 一惊。原因是 L 他们家出了事：她家进了人，翻动了家里所有物件。W 立即指出应该报警，还建议找物业、找 TT 所在部门的保卫处，都被否定。问："进家了什么人？什么人能随便进？"答："不知道，不认识，不了解。"问："你们丢了什么东西？"答："没有，翻动了全家物品后，一件东西也没少。"问："那就奇怪了，那怎么可能？"答："是因为我与 TT 实名举报了一个坏人。""实名举报？"W 装备了价格极昂贵的上好丹麦助听器，仍然听不明白 L 究竟在说什么。问："哦，你们有仇人？仇人砸坏了你们家的锁，还闯进了家门？"答："不，锁没有坏……"

所有人听到这里都明白了。后来，W 的年轻的司机没听完就一语道破天机，而 W 竟然过了两个月还一昏到底，擀面杖吹火——一窍不通。W 感到的只有闻所未闻，不合逻辑，驴唇不对马嘴。W 告诉 L 说，找谁谁这是绝对不可能的，W 哪里认得人家？治安问题要找人民警察。L 再说，这事需要 W 去找大官。什么事？跟大官有什么关系？L 不言语。W 深感诡异，W 确实不认识 L 说的大人物，也想象不到 L 吃错了什么药要找到他，向高层有什么要说。TT 家进来了、进去了陌生人，与 W、与重要的高层又有什么可能的关系？W 不明白 L 加 TT 的在天之灵，他们被注入了什么逻辑病毒，植入了什么社会反认知激素。W 根本想不出 TT 家的奇异体验与感想，究竟意味着什么，以及这件事情与他有什么狗屁瓜葛。W 想不到，自己仍然是这样简单，这样不成熟，天真烂漫，无知白痴。如果确实是发生了有关部门机构到 TT 家秘密搜查的情况，他 W 该做什么，能做什么，必须帮什么忙？还有你 TT 到底有什么难言之隐，有什么可辩必争的平白受下的冤枉，你 L 总该对我实话实说，不能让我丈二和尚——完全摸不着头脑⋯⋯

再后来，过了两个月之久，更加诡异的蒙圈段子是，有说 TT 的遗孀 L 出现了被害妄想症。说是 L 女士已经与氯氮平、利培酮、奥氮平为伍，外加一种每天 30 分钟经颅磁刺激仪的物理治疗。说是 L 住了一个多月安定医院。在鲁迅的《狂人日记》里，这种疾病更常常被称作"迫害狂"。出安定医院了，她发微信给 W 妻子。L 在微信中直言："有人说你（W 妻），已被害死。你是今年被害死的第 N 名有关人士"，"现在知道，你还活着，我很高兴"。还说，"或许还有哪个朋友，或者这个朋友的这个丈夫与那个朋友早先的丈夫，也已经被害死了，或者至少是将要被害死了"。她警告，她声称："W 先生尤其是要被害死的，千万注意。"她提醒她的朋友们与朋友们的配偶们提高警惕。还说自己已经或正在被"脑控"了……她说的是与她的身份没有任何共同之处的荒唐话语。这一条微信是不折不扣的狗屁微信。

微信里还提到她的丈夫是被住在家里的江湖医生用木棒蘸毒剂害死的。到底是什么意思？依据现代性很强的病理学、法学观点和铁律，这样的妄想症患者对于自己病中的言行是没有法律责任的，他们会得到断然的司法保护。但这种状态，又很难令与她有些许接触、对于 TT 与 L 的现状深感蒙圈的人如 W，不去想这一切发生的背景源起，还有从严治理的强调与频频公布的令人嗟叹并且几乎有点开始使人们麻木的，一些不算太小的贪腐官员案件。还有，是不是 L 认定 W 不肯相助，对 TT 与 L 夫妇的遭遇冷酷无情，使她怒出病来了？半年多来，网络上出现了太多的大小老虎老鼠苍蝇，光部级干部出大事的已有 50 多位，这里有确切的数据。

不知读者诸君明白了没有，W 的叙述次序可能有缺点，直到躺着中枪的狗屎微信收到后，W 在车上谈到此事，才被司机捅破了真相，W 才侥幸明白了过来。都说 W 聪明，W 终于理解了，谁难受，谁知道；谁糊涂，谁也一定会知道。是的，事业和工作，很伟大，很艰难，按住葫芦会浮起来瓢。要治目也要治纲，治纬也治经，治标也要治本。治理有治理的决心，侦查有侦查的缜密，应对有应对的花式，反侦查有反侦查的手段，教训有教训的深刻，顶风有顶风的无赖伎俩，自取灭亡有自取灭亡的愚蠢与不可救药。W 听 ABCD 们说，他们亲眼见过、亲耳听过、亲身经历过各种应付纪律检查与司法监察的手段。一些人与事的存在，使重要的规矩如同虚设。取缔不净的歪风邪气啊！

想想，再想想……

W 多么盼望 TT 与 L 的名誉经得住考验，得到澡雪净化和保护，他是多么祝愿所有的干部工作有成、领导有方、形象放光啊。W 不忘 TT 主事期间，对于那位写到涉性题材作品的小朋友，在领导对之有所批评的当儿，采取了爱护引领交流的好心做法，有交谈和帮助，更帮助他走一走全国最先进、发展最有成绩的地方。W 也不敢忘却 TT 或可能略有的不能免俗、境界不够高度、出现瑕疵之处。同时 W 祝祷 TT 在天之灵与留下的家室，清顺平安。

九、恩爱深情纪念册

　　W与TT有工作上的接触，浅尝辄止，相互客气支持，挺好。此次治病、求援、治丧，家里显然是被搜查，不说实情，却又无端要求W的荒谬绝伦异想天开之"助"……W终于明白，TT家人乃是陷入"有事"的苗头。但W与TT天人相隔，无法沟通，而L又有精神疾病。更惊人的是五笔输入法中，"天人相隔"与"玉体横陈"两个词语百分之百重码，输作"gwsb"。嗯哎，既横陈又相隔，这有点像某种特定的人生密码。

　　经过一些波动，W慢慢回想。他的心里本来只有合情合理的正常一般悼亡，追悼出天知道的低级"求援"，冲掉了"死生亦大矣"的悲痛，更冲掉了吊唁中对于未亡人L的真挚慰问拜访。唉。L以为W有什么人脉，能扭乾坤、挽狂澜于既倒，与 W 的拥抱录像也可能派上用场，腐朽荒谬，异想天开。他们碰到了困扰，吃错药丸，倒也不足为奇。设想 W 有秘方神功，则是思路错乱，散发臭气。而 L 呆木与较劲的表情，尤其是两个月后她对于 W 妻室与 W 本人被害的警告，更使 W 哭笑不得。可是，但是，其实，人生中仍然有美好温情。在 W 感到绝望的同时，他想起了 TT 的情书情话情画来。

W 来家追悼，一开始 L 拿出了 TT 给她留下的纪念册。这是一个很重要、很得体，应该说是很动人的情节。一个大笔记本，上面是 TT 的书画。第一页，一头牛，牛的样子疲惫痛楚，在田野上，远处有株老槐树，树上有一只鸟儿。TT 写下的是："昨晚我在家乡庄稼地等待你，你老是不来，我变成了一头牛。变了牛也要等你。远处出现了一个黑点，我不能确定，那是不是你。那么，这头牛是不是我呢？一定的，死后我会一次又一次地变成牛，然后在故乡的田野上给你拉犁，侍候一个又一个的你、你，还是你。"瞎跩？倒也有点意思，有点对自我的超越，有点自怜相怜的无奈，有文艺想象能力。同时，显然，TT 当真爱他的第二任妻子。人要爱，会爱要爱，不会爱也得爱。这正是 W 一贯鼓吹的爱妻主义。

W 最初对此书画册漠然，三个月后想起，为之叹息掩涕。大事小事，人的认识感受都有时间差。

接着说纪念册：过了几面莫名其妙的图画与文字，有一页

夏天的念想　055

涂得黢黑,似是山峰、星星、月亮,一条若有若无的小径,小径上爬着一条蛇。TT写道:"昨夜我走了,像是自杀,不是自尽,我的人和心肝脾胃肾都经不住了。我的胰腺疼痛。我出身贫贱,学问粗浅,有官职也不中用,我尽了我的力量,为党为国为民。我不放心你,你疼爱我。我不应该抛你而去,我缺少担当。我对不起。我还要支援你保护你温暖(似缺少一个你字)。我仍然陪着你。碰到了坏人,要敢撑敢冲敢闯,不做亏心事,不怕鬼叫门。要把牙关咬定,要多喝牛初乳,吃碳酸钙D3片……"

嗯,TT的书法与绘画还都有两下子,营养药名写得超级规范。小瞧了,不该。"鬼叫门"句,似乎是有TT的道德与法理自信。往后出现了这么一页,写的是采茶戏《送情郎》小调歌词。"送郎送到大门东,尊一声老天爷,你可别刮风。刮大风不如下小雨,下小雨,我郎呀多留十分钟,呀!"这一面上,TT画的是一个女子的背影,看到的是她的两条发辫,斜画的几道线代表着雨丝。直上直下的女孩身体,五短身材,为什么临终遗作,不能美丽一点呢?对,这才叫"大道",这就是"朴"。"敦兮其若朴""我无欲而民自朴"。另一页是早先的童谣,写着的文字是:"'拉大锯,扯大锯,姥姥家门前唱大戏;接姑娘,请女婿,就是不让小TT去。'我上小学时,班上的坏小子们,齐声这样唱着气我,我气得哇哇大哭。"TT 画的是一群调皮捣蛋的小脏脸，质朴，执朴。还有一页像是 TT 写的顺口溜体诗："你疼我，我疼你，咱们两人享福，在一起，在一起，享福气。富无百日已远去，犯上小人你惹不起。想想往后咱分离，TT 此生对不住你，TT 来生仍然娶你。"画的是荒草、坟头、墓碑，还有一株枯倒的树。

再一面是第二个童谣，TT 的留言令 W 泪目："'鼓鼓头子鸡，瞎嘎嘎，老娘要吃个鲜黄瓜，鲜黄瓜有嘴儿，要吃油饼儿，油饼儿喷香，要吃面汤，面汤稀烂，要吃鸡蛋，鸡蛋腥气，要吃公鸡……'"然后 TT 继续写道："五岁时在老家农村学会的歌谣，遗忘了已经八十多年，再怎么也想不起来了。现在到自己不行了，快见教歌谣的我奶奶了，我全部想起来了。"最后一页写着："亲爱的 L，我把银行折子的密码留给你，存下的钱无多，我难受……"

W 眼睛一扫，立即合上笔记本。他坚持非礼勿视的行为规范。L 说，另外还有两个笔记本，TT 说等 TT 他离世八年以后再让她看，也许是 TT 给她留下的信件。W 连忙摆手，表示不要看人家夫妻间的私密文字。

十、老龄型时间差……

噫！哼哟嘿哟。世人本来就分高低、上下、文野、荣辱、正邪、清醒与昏迷、健康与疾患，天上地下，差别之远，相当惊人。明白人无法理解，人为什么会糊涂；糊涂人无法理解，明白人为什么硬是不糊涂。好人不知道坏人多坏，坏人也绝对不相信好人能真好。而 L 保存的不过是夫妻间的多情诗文画册，天真清纯，至情至感。他 W 吊唁时竟然视若无睹，印象与反应全部是 0，而 W 又全然没有忘。W 看了，捕捉住一些信息，暂时冻结在大脑的一个微小的点上。如此这般，两个多月后，读到 L 竟然发到他手机的胡说八道微信，W 感到恶心厌恶了有十几天工夫，又转了一个大弯，他想起了，再想起了，触动了，思索了，甚至是感动于 TT 临终留给爱妻的书画存念。

W 终于明白，从十八大以来，新时代的反腐气势强劲，震憋加力,左一个通报,右一个大案,风雷勇猛,波浪滔天。W最后明确了,TT大约是涉嫌违纪问题。当然,这也是生活,即使是负面生活经验,它们所警醒并且期待的仍然是美善。对于瑕疵与疾病,要求医疗与仁爱,不是悲观绝望,不仅仅是打入冷宫太平间。对于老党员老文艺的W,这位TT入了戏、进了纠葛冲突、遭遇了生死祸福黑白急转考验,TT提供给W的景象、符号、数学题到底是什么标准答案呢?涉嫌违纪犯法?遭遇诽谤冤屈?涉嫌走漏真相还是真相被歪曲?而W同时觉察到,自己在日益丰富老练成熟的同时,理解力、感受力、认知力,出现了错后时间差。W本来是个急性子,三十年前,他参加会议,往往是某一位先生同志发言刚起了个头,他已经听清楚、闹明白了。遇到没有效率的会议,W必须认真在会上苦练忍功气功,免得显出不耐烦来。然后自从近鲐背之年,他常常感悟迟钝,落后于他人。发言讲话乃至讲课中,他说到一个"大"、"洋"、"古"乃至发小老友老对手时,常常忘记姓名,憋住了,窒息了,空白了,直到说话结束后一两个小时或一两天,记忆回来,其实没忘。那么此次,例如TT的临终纪念册,经过了一个月又一个月,经过了前后许多天,W忽然想起了,注意了,来电了,有了感觉,有了感动,有了想法,有了后续与候补反应。W的生活经验中,出现了前所未有的奇葩体验。这是佛说的"活在当下"的变奏吗?这是忘在当下,想于后来的禅机吗？这是"此情可待成追忆"吗？W反求诸己，自己有什么资格进行过失推定，有什么根据不尊敬一个文字可能不怎么见功夫，绘画不怎么出彩的官员的临终情愫表达？TT的诗词歌不能贬低，人家没有发表张扬，人家有权利真情流露，有所囔囔嘟嘟。TT不是唐明皇，L不是杨贵妃。TT仍然有人权、生命权、恋爱权，TT有权吟唱与L的"长恨歌"。TT不是陆游，L不是唐琬，L还患有精神疾病，他们仍然有权相爱相惜，沉吟痛心于自身的"钗头凤"。人生当然可以告别一悲，泪洒马嵬坡或者绍兴的唯一宋式园林——"沈园"。TT也会诉百般苦水，流永别的泪。L同样也有爱的体会，爱的割舍，爱的伤痛。W有什么理由无视他人，省略他人，麻痹他人呢？TT不是才子型而是苦干型干部，中华传统文化器重的是龟兔赛跑中，跑不快而仍然取得胜利的龟，而不是跑得自来飞快的、骄兵必败的兔子。好的，就算TT犯了某些过失，好的，国家要依法治国，个人要遵纪守法，党员要遵守党的纪律，这是必须的。而且这全然不等于他一定会达到极端，达到无可挽回的该死。他应该有可能汲取教训，自我革命、自我拯救，成为雨果作品中的冉·阿让，中华戏曲《除三害》中的包括自身一害的周处，重新做人。同时TT有没有可能牵扯到事出有因、查无实据——那类有弹性的麻烦里呢？但愿不是，绝对不是斩立决的死罪，嘻。但愿一切的惩戒治理带来的不仅有坏人摧肝裂胆的恐惧,而且,它将激发出来有缺点有问题的人的改恶从善的正义真心。是的,TT 爱他的妻子,这是当真的。他家里的各种家当,一切看来不但正常,而且朴素,确实不像拥有不义之财的阔佬。他在纪念册上留下账号与密码,同时为没有多少存款而心疼 L。他们夫妇的穿戴打扮、动作表情,没有一丝一毫走向暴发阔绰的迹象。让纪念册上的一切都是真的,有意义的吧。

十一、更重要的认知

说起此人此事，一位家人进言W："显然，L同志，有一些精神疾病，你应该考虑到也有可能——所谓遇到了对头、坏人，家被搜查，都可能只是L同志的幻念，都与L同志的疾病有关，她的那种病，是具有某种传染性与扩散性的！现在，扩散到你这儿来了。"

W蓦然一惊，但愿如此！！！但是，或者，最好没有但是和或者。而且W想起了一些事，在忘记了许多事以后。刚主持工作不久，TT曾经计划做一次思政讲话，批判人道主义。TT谦虚地前来征求W的意见，W建议他慎重……在有些抽象的大、洋、古、生、僻概念，特别是经过日语中介，出现在"五四"以后的新文化语汇中：陷入现代派、先锋前卫、机会主义、偷换概念、寻根意识、集体无意识、无边的现实主义等讨论中，专家学者们抬起杠来，TT 闻之苦笑，他显出了真实的谦逊。他谦逊中选择和稀泥与捣糨糊，他的某些"难得糊涂"，说不定稍有无为而治的高明？TT 有一次，仅仅一次，他的行事招来争议。说是上边派来了他的副手，副手来了两天，连与他面对面听取指示的机会都没有捞到。第二天下午六点，副手坐着车子回到自己的家门口，没进家就接到 TT 秘书急电，命令副手立即回办公室。TT 终于百忙中有了时间，要与副手议事，要给副手分配任务。TT 不会是诚心摆谱儿的吧？但此事 W 没有第一手材料，姑妄听之，只能算茶余酒后，机关闲杂人员的段子，不可当真。TT 靠领导赏识与个人辛苦努力，提拔得不慢，那么，唉，於戏！

十二、美好心愿

忘在当时信有之，得益事后再寻思。雷霆震慑应严肃，雨露恩泽善把持。切切严明条与缕，谆谆和善仁犹慈。清廉本是天良理，自律方为圣贤资。

常无了悟恨非时，嚼罢青梅叹木痴。少小洋洋骄强记，衰年洒洒喜坚持。风光各自难全似，情性千般岂咸宜？忽然思前复思后，反求诸己近真知。

生也命乎难预明，只求涤秽保洁清。躬行不可投机巧，运计岂能烂蹭蹬。清洗浊污当志愿，总结教训必贤诚。不嗔不怨天高阔，打点逍遥真性情。

比起读纪念册的前后几个月时间差，W还有四十二个年头的更大的时间差。曾子曰："鸟之将死，其鸣也哀；人之将死，其言也善。"善言必迟，迟到了最后。同时，"言人之非，罪曷由己"。W愈益愿意多想自己的不足。

四十二年前，"您"找W谈话，您的中心意思是"W要做好挨骂准备"，意谓W已经有了不俗的身份，一个使命，一个委任与选举，W要管得住一帮子又可爱又浑蛋又热烈又没谱的性情中人。您呢，已经下了决心，一搏一拼一斗志，您无惧无忧，不惜一战再战；您的夫人人籁更是气壮山河，"W，你也要从此拼搏强悍"，这是你们强势的领导没有明说的忠言。应该说，这是有道理也有情义的。您已经做好全身心地投入率领组织管理的决定，您向W解释，现在的职务责任已经够您歪（读第三声）估——忙活拼搏的了。再不要提写作、唱歌、木刻啥的了吧。而当时W的想法是做好桥梁。W要执行，要贯彻，要保护，要解释，要沟通，要平顺和睦舒畅。尤其是，W想的是服役一些时间以后，仍然要回头爬格子码字儿。文学文学文不休，反刍往事思悠悠。文学枝蔓花不老，文学烂漫在心头。

W坦白交代，确实赶不上您的死士心志，您与W心态有别。您的心志强，W的文情深。你们本来可以结合、共事、互补、在一起。"当我们，同在一起，其快乐无比。"后来怎么回事呢？

W第一次与您见面是在中山公园，1956年；最近一次见面，2022年，时隔六十六年。悲夫！乌拉！2022年，春节前，都戴着口罩，团拜活动之后，W见到了多年没见面的老同志老同行老同事您。更合理的表现本来应该是W说："老某啊，您啊，您，久违了，您。您好啊，您。"为什么没有互动成功呢？还能不能呢？想想，再想想，给我使劲想！所有老人儿，所有好友，所有闹腾过、狂热过、误会过、设计过、整理过、上报过、作对过、妄想过、住院过、斗气儿过的友人老友老对手，还有尚未有什么过节的小友们啊，W邀请你们和您，共游新疆！共驶海洋！那让W永以为荣的新疆和大海！

十三、老年欢歌

你们知道现在的新疆吗？云飘在额尔齐斯河，浪打在喀什河、巩乃斯河、伊犁河，车走在叶尔羌河上，树、林、花、草铺满了大地、高山与天空，高速路飞驰过一辆又一辆的崭新旅游客车。天地山河，一切都在旋转，一切都在欢舞。高速公路向人涌来。红黄蓝白黑褐的石块镶嵌着、挤压着、垫衬着、崩裂着，庄严巨大加上气势。蓝天分散在枞树、雪杉、白桦和山花里。天就是山，山就是树，树就是大地，大地就是蓝天、草原与花，山花开满草原，一座山完了又一座山，一道谷完了再一道谷，一支歌儿完了又是一支歌儿。雪白的浪花以后是浪花的白雪。还有羊和羊，牛和牛，马与马，骆驼与骆驼，以及狗驴鹰隼雀燕和水中的鱼。一切都在彰显，一切都在活泼，一切都在开展，一切都入境入镜入梦了，一切都在成欢撒欢儿。

我梦想请您和你们在天山、阿尔泰山、昆仑山吃烤全羊，敲锣打鼓吹喇叭，把全羊抬过来，还要吃手抓饭加葡萄干、杏干、无花果干，手抓肉，烤肉另加洋葱（皮牙子）、安息茴香（孜然），拉条子大半斤小半斤揪片子酸奶油，厚奶脂奶皮子加茯茶黑茶米星茶加蒙古族的炒米炒麦米炒青豆儿，烤包子烤馕烤肉饼烤窝窝馕英语叫"背拘"，说那是以色列面包。我要在席上唱汉语维吾尔语蒙古语俄罗斯语，还有塔吉克八七拍子的情歌。

吃完饭我们一起到喀什，在那里的老城区从早上十一点到晚上十一点（相当于内地早九点到晚九点）人们奏乐唱歌跳舞，热闹十二小时。载歌载舞唱天天，四面八方宾客欢，高声石榴阿娜尔（汗），爱恋深情舞翩跹！注意，请您期颐前来，W鲐背为您推轮椅，W打算给您看几张天籁艺术家的生活小照，还有W24岁时，在第一次全国青创会上与无敌人籁还有一批文学作家的合影。W祝愿L早日恢复健康，重新树立人生态度与社会生活、政治生活的逻辑，实实在在，干干净净，一切实事求是，带着纪念册，后会有期。我们老了，是的。我们仍然生活并且热爱生活。不怕做不到，只怕想不到，只怕不敢想，我们回首往事，我们好意无边，感动和感谢无限。

无言同去乐新疆，山高雪白碧树长。情歌苦苦不能忘，情诗酸酸恁断肠。

高天阔地神州广，暴雪狂风疆域强。吾辈老来更阳光！光明正大咚咚锵！

　　少年曾经你我分，你怨怼来我不嗔。欢欣沧海水涌水，仰颂天山云复云。锚定某某思压倒，何若友谊话创新？往事东流成一笑，轻描淡写笑吟吟。六十年矣情犹在，六十年兮再青春。获有今天谈何易，明朝更要胜如今。中国梦已庶几圆，中国愿景尽成真。革命翻身头颅掷，改开发展生民亲。此情此理此生在，亦歌亦舞亦纯真。乐天知命丰盈日，盛世华年快乐人！

　　少年笔墨少年狂，吟天咏地两茫茫。篇叶翻新扫羸弱，文星闪耀唱雄强。细腻精微抒华美，粗犷浪漫奋洪荒。青春歌罢歌白发，快意新歌再一章。

　　斟酌旧酿，且忆百年，赏悦几多恩爱怨；品饮新茶，祈福千载，珍惜片刻您我他。

　　天地本无穷，人心莫仄窄，沉思妙趣，欣然奔向赛道大道；乾坤全有致，世事宜从容，老梗鲜花，乐哉沐浴和风春风。

　　……喀什不仅有歌舞升平，还有老城居住区的成功升级，安装了上下水电各种管道无线有线冷暖空调，提高了舒适平安享受质量，实现了中国式现代化的新疆喀什篇章，保护了千百年旧居并受到众不同的模样，接受了联合国有关机构的调查研究评估与高度赞扬表彰。还有叶尔羌河畔麦盖提的治沙，绿洲增加了如许。交通，高速公路，密密麻麻。航空，全新疆疆内 22 个支线机场与乌鲁木齐地窝堡国际机场，疆内互飞航段日均 17.2 班次。绿化进化七十年，没有林的地方到处是林，没有路的地方到处是路。所有的高山河湖一个又一个地引进了世界名品各种鱼类，到处有穷尽神思妙想的旅游设备、节目与景点，物质与非物质文化遗产。

2024 的初夏，在阿勒泰禾木村，W 梦中，听友人低语："W，你的文集 60+1 卷，你为什么九十了还要写写写呢？你应该休养，你应该远离，你应该静穆，你应该甘于寂寞，高高挂起，成为雕像与旗！"

W 回应：对不起，打搅了，我为什么还爱着、想着、梦着、关心着呢？文学推动想象力的开展。想象尝试迫近更加美好的理念与生活。人们本来可以做得更好，活得更高尚，怀抱得更宏伟，嘀咕得更细微；尤其是更多见识，更多学习，更多自省。老了呢？当然更加沉着与明白，也还可能有小的继续和发展，活到老，学到老，成长到生命完成。十九岁是跳跃和飞翔，是火焰和闪电。二十三岁是突变，是命运，是杂色幽默，是小试身手未可哀，偶尔叹息意难猜。跋山涉水增气力，辛辛苦苦扩胸怀。静坐常思己过，闲谈少论人非。可以小有得意，尤须反躬自省。急躁，卖弄，显摆，犯傻，硬伤，此生的毛病，多了去啦。鸿蒙初辟兮说说写写，青春歌颂兮猎猎嗨嗨，年轻冲闯兮一鸣惊世，边疆开展兮心胸敞开。三十惊年长，四十奋新裁。这边风景好，清明上河来。活动人形变，四季花长开。六十文气盛，七十笔未衰。八十且诺明年老，明年明年曷多哉。九十长忆扛麻袋，大水漫灌田如海。钐镰挥过草一片，跨马翻山扬尘埃。爱怨情仇皆有趣，自律反思不自哀。当年处处最幼小，如今常常或老迈。戏水登山一载载，从容一笑思歇菜。老是福来少是壮，孤村不僵心神在。明年仍是弄潮儿？明年仍思赴轮台。不只新疆，还要邀请他们与读者一起上游轮，去地中海、波罗的海、太平洋、大西洋、印度洋、北冰洋，向世界，向未来，向太空，向新界。

仍然梦着，想着，爱着，勇着，书写着，感动着，亲！

高雅的链绳

一、眼镜的困惑

二〇二三年,赵千秋教授年九十二,都夸他身体好。二〇二一年生了病,住医院,做微创手术,五天后成功痊愈。朋友们夸奖他"又是一条好汉",他也以"老而不死是为雄"自诩,同时告诫自己:别大意。

他越来越明白,好汉不好汉可以忽悠,实体必有实情。打九十岁以来,耳朵听力,眼睛视力,呼吸气力,胃肠食力,通通不无减弱。尤其眼睛,近视 4.0 俗称四百度,戴上镜子校正近视后,凸显了远视老花是三百五十度即 3.5。远视近视兼而有之,戴镜摘镜一天折腾 N 次。读书报、看手机要摘镜子;看电视、看来客、看窗外云霞和楼下人行车走,要戴镜子。摘了戴,戴了摘;看不见,看见了;看不清,看错了;戴上镜子看,不戴了再看,忘记了该戴还是该摘,忘记了刚刚戴上看得清晰，还是摘了更清晰。

赵老心理一贯健康，经打经摔，从不躁狂忧郁，却出现了眼镜与手机混乱丢失强迫障碍（OCD），每年丢失眼镜多次，另丢失手机次数为丢失眼镜次数的五分之二。

二〇二三年九月这个星期六，赵老坐在沙发上，来了《环球时报》，赶紧摘镜子，将它放于某处，看时评，享受读报兴趣，叹惜自己的阅读量一年比一年减少，看东西费劲。这时家中电话座机响动，他急急忙忙站起。从软而低的沙发上起立，也还要东扶西靠，运气调整，用了不下八秒钟，才接上座机电话。老座机声音比手机听得似乎清晰一些，但老赵仍然与来电话的老友不断打岔，老赵循循善诱："你讲慢一点，声音再大一点，不能太大，不能喊叫，我更听不清了……"

刚刚从沙发上起猛了，腰不太对付。多年前老赵读过《读书》杂志上《天演论》作者赫胥黎后人小赫胥黎的文章，论述沙发与洗浴设备在中世纪，由于意识形态和社会制度原因，难以在欧洲使用。老赵还知道一位他极敬重的文化界著名领导人，七十岁后就只能坐硬木椅，坐沙发人家使不上劲，坐完站不起来。这么说，千秋老师九十多了坐沙发，也算是强势加现代性再加成功人士表现。

用力站起，接电话，听不清，打岔，好似逗着玩儿，最后说得挺高兴，说好与老友下周一晚上到新街口老西安饭庄吃羊肉泡馍。"你知道,一九五六年,毛主席和彭德怀元帅西郊机场送完印尼总统苏加诺,在这里吃的饭。""是的,没忘。咱们二〇〇一年和二〇一八年一起又去吃过两次。有一次没吃完,丢了眼镜……"

老人对话,当下诸事之中,经常会横空出世一些历史典故、趣闻逸事,人生难忘,回想迷人,自嘲自怜,或可解颐。活在当下,当然,当下同时蕴含了亿万斯年,至少千百年,更至少已经活了的九十多年,老赵和小赵的当下,大不同也。

通话结束,赵千秋高兴地再坐上欧洲文艺复兴后出现的沙发,看手机上的"今日头条",他忘记了刚才的《环球时报》要不要接着看。他的阅读除了量上减少,也渐失连续性、完整性与郑重性。

他摁了手机几个键,天知道怎么摁出来的,是美国作曲家福斯特的黑人民歌风歌曲:"我来了,我来了,我已年老背又弯。我听见他们轻声呼唤""走遍天涯,到处流浪,历尽辛酸",还有《噢!苏珊娜》。八十二年前他十岁时学会的第一首口琴曲就是《噢!苏珊娜》,当时孩子们称此歌儿为"苏三不要哭"。想到这些,赵老家伙叹息摇头,既感伤,又感慨,敢情活一辈子能见识那么多大事小事与不是事儿的事。

突然,一个鬼念头走私入心,他后背寒战,呼吸抽紧,一阵咳嗽。"我的眼镜呢?"他喊出声儿来了,不知道是第几次了,又要找眼镜。

外甥孙子来了,助手来了,小时工来了,大家共同思考分析,劝慰赵先生,稳住赵先生。赵老师丢眼镜是常态。

"不着急,您也回忆、思索、分析……"帮助赵老找眼镜的亲友们对他亲切温暖,诚勉有加。

赵老师没有回答,他觉得这么多亲亲,成规模地协助他寻找眼镜,令自己不好意思。如此声势,显露的是自己年老智衰,显示的是他终生未婚,光杆司令,长铗归来兮,无以为家;吾老矣,乌龙哉。他摆摆手,哼了一声,向电话座机走去。

他想起,他是接了电话才找不到眼镜的。他认为接电话时顺手摘下眼镜是最可能的,为什么接电话要摘眼镜,这个逻辑他找不到。老迈的征兆之一是常常找不到自己的行为与遭遇的逻辑,是"失逻现象"。他日益与眼镜捉迷藏?原因之一是,二〇一〇年,照顾他生活的寡妹去世,他开始养成随时随手摘下眼镜的习惯,吃饭喝茶,他摘镜子;大解小解,进卫生间,也要摘镜子;无事打盹——外甥孙子分析称是老年人脑供氧不足——也先摘下镜子。这样的行事方式,似乎带着返璞归真、回归裸本能的人子属性。

这一回,惊呼完丢失,他走到电话座机旁,看来看去,没有丝毫眼镜痕迹。

外甥孙子提问题："您早晨四点二十五分就起来了？起来以后进洗手间没有？在洗手间洗脸洗手洗眼耳口鼻了没有？我们知道您视力不行了，您告诉我们，我们好帮忙。要知道，眼镜本身是不会逃跑的，您却是乌龙无端无故无数，无边的现实主义。"

那么，谁的现实主义，是边界明晰的呢？

瞎转一个陌生的词，似乎有利于缓解心理紧张。"词儿多"的景德镇人有福了。

如此这般，亲亲提醒：眼镜会不会是从沙发扶手上掉下来的？大家低头寻找沙发的上下左右，然后都说"没有"。赵老师说我记得清清楚楚，方才眼镜没有放在沙发扶手上，我一般不往沙发上放镜子。外甥孙子提醒，年来从沙发扶手上掉落眼镜已经三次，三次被穿软拖鞋的赵姥爷踩得拧巴，三次到眼镜店用钳子拧回来。

嗯。眼镜店员技工小姑娘，多次声称用钳子把踩歪了的眼镜腿与框架拧正拧直，怕的是会拧折拧断。赵老师坚决表态，他可以签字画押表决心，腿框断了赖自己，对店员除了感谢以外不会有其他说法。一次还买了黑巧克力奶油糖给前台技工接待小姑娘以示感谢。

全球眼镜店规矩，这种治拧巴的活儿，包括配上个把微型螺钉，不收费。如此，每次硬是都成功变扭曲为正直，更增加了赵老师对眼镜的现代性、现代树脂或聚碳酸酯镜片，还有对进口钛合金镀金镜框镜腿的高度称颂。拧断的风险说的次数多了，也就都放心，有默契了。

那么这回，旧戏码重演，全家上穷碧落下黄泉，搜了n天，大失所望。幸亏千秋老另有一副前二十多年在香港讲学时定做的老近视镜，与后来检测，取得新数据，配制成"涉嫌"豪华的千元以上购价新眼镜相比，两副眼镜屈光功能相差无几，而老眼镜是在香港吴良材公司定制的，观感体面；也正是由于有这么副漂亮的二线前辈代用品，频繁的眼镜丢失造成的痛苦有限。丢了？戴别有风度的老吴良材不结了？然后过几天最多几周，屡经遗失的镜子自然出现，万物正常，各归其位。

回想此生，丢而无影踪的东西多了去了。身份证丢过，钱包丢过，户口本与银行卡都丢过。尤其是帽子，此生丢过十几顶，瓜皮帽、毛线软老头帽、大盖帽、美国棒球帽、意大利鸭舌帽、十六世纪法兰西牧羊人贝雷帽、"改开"以后的耐克与李宁运动帽，他都丢过，此生何必苦丢失？一笑失联毋伤悲。失或真失或非失，失了再来来了失！

就这样，此次眼镜一丢半年。二〇二四年到来，偶尔想起"涉豪"新眼镜，微有不甘与不服，赵千秋脸上增加了难以不出现的心痛苦笑的表情。

二〇二四初夏一天，又读《环球时报》，读着读着想起，要不多看一眼？此刻可别再把离不了的老镜子也丢了。他忽然感觉，去秋丢眼镜与《环球时报》的时评有关。而且，进入二〇二四之后试想，原先，丢新镜子，有一副旧的可以即时顶补，现在呢，如果丢失，备用的旧镜子也丢了，只能半瞎，没救儿。注意，请看，嗯。嗯什么？二〇二四年他此刻看得门儿清，半年前征召出山供使用的已退休老眼镜，正是放在大腿上。

怎么可以摘下眼镜放到大腿上？有事必站，镜子何以自处？意欲何为？

反求诸己，他觉察，头年说过的从不往沙发扶手与他处放镜子，不符合事实全貌，没有引起深刻与延展、反思、警觉。那么，阔别半年的后浪新眼镜，会不会也是从读《环球日报》的沙发与大腿上逸去的呢？对，大腿上放眼镜，电话座机铃声唧儿唧儿，矍铄的老赵摇晃站起，眼镜溜下，一穿拖鞋，眼镜被拖鞋脚跟碰到沙发下面去了，这次眼镜被踢进得很深。怎么会后踢的？这就打死他也说不清楚了。小时工来后打扫，吸尘器探头向沙发下抄底作业，眼镜被吸尘器作业探头推到更深处，哭吧，不见了也。

老赵乃俯身下跪，侦察沙发下盲区，一阵头晕，歪倒趴到地上。又是一声哀鸣。心想，多日失陪的眼镜保不齐看到了端倪。唯独他趴在地上，起不来了。就此扑地，失而复得的眼镜谁去戴呢？

高雅的链绳　081

二、眼镜姑娘与古丽花儿店主和《红楼梦》

其实老赵趴下，扭痛腰腿，不过尔尔，然后在服务人员的帮助下掏出了阔别重逢，业已扭歪变形，以进口材质做成，经拉又经拽、经踩又经踹的眼镜。它歪扭失态，却不断裂，囫囵无恙，久经锻炼。

没有别的办法，出门六百米，到大商场眼镜店。老家伙扶杖而来，也算好腿脚！找到负责接待顾客、门市处理的熟脸大姑娘。近十年扭捏服务，小姑娘绝对可以算作大姑娘了。赵老人家再一次赤手空拳白干，待援求助，想到是自己的低级烦劳，消磨了可爱文静姑娘的青春芳华，愧赧有加。老赵还想，感恩天地，感恩可爱的技工姑娘，眼镜新质框与片，百曲不折，百辱不秽，百冷淡放弃不怨不怼，一切的一，也算够皮实了。

同时，赵先生注意到，此眼镜店，正是吴良材字号分店。

看到老赵打开镜盒显示出来的受难眼镜，门市姑娘笑了，耐心听完赵老的说明与抱歉等足够礼貌言语，她立即拿出钳子镊子锉子等工具，进行复形外科手术。

这时，进来一位资质不凡的中年女性，面带笑容，眼睛发亮，注视着赵千秋，没有走向柜台，而是首先向赵老挥手致意，说："您好！对不起，打搅您，您是赵千秋老师爷爷吧？"一听，正在修理眼镜的门市姑娘也站立起来了，两位女士的眼睛都在发亮。

轮廓立体，眼窝较深，眉与眼上下贴近，两目拉开，鼻骨高耸，下巴有力的中年女子对赵老说："三十年前我十九岁，在央视讲座节目里听您讲《红楼梦》，太感动了，那时候我就想，我能不能见到这位老师爷爷呢……我就在这家眼镜店的对门，我是古丽花儿新疆包子店的店主……"

"您是赵千秋老师爷爷？！"眼镜店的技工姑娘也激动地发出了声音，沉稳细心和善，技工姑娘的激动反应，使高龄赵千秋几乎一惊：我难道这么声名显赫了吗？

一节言语三十年！《梦》里辛酸辨析难。讲罢苍凉悲白发，人生啥话不纠缠？

三、人生何处不相逢

宋代晏殊句曰:"临川楼上柅园中,十五年前此会同。一曲清歌满樽酒,人生何处不相逢。"

唐宋时代,"深宫二十年""十五年前"之类言语,已经极言时间之长。而随着人类文明史不断积累,人类平均寿命延长,还有可能是各种磨难、事功、奋斗所需时间不断加码,相隔十五年重逢,不过如此;三十年重逢,四十年再见,五十年重放,百年千年后洗雪与正名,也是瞬间的摆摆手。

三十年前,天津南开大学中文系一位维吾尔族女生——说是后来得到硕士学位——在电视讲堂里听赵千秋爷爷的课,至今不忘。说是她爱听赵爷爷讲《红楼梦》里的李纨,只有在宝玉挨打的特殊事件中,得到曹雪芹给她的为自己一哭的恩准。此前,《红楼梦》里一味说她是"身如槁木,心如灰死",宣扬那才是贞洁干净的女德最高标本。是王夫人说出,如果贾珠即李纨的夫君还在,王夫人可以任凭贾政打死宝玉。李纨得到了一大号啕的情理与礼义的容许性。"您讲得真好,我们妇女应该给您鼓掌,建议妇联给您发个奖。"她还为赵老师对宝玉"多余的石头"的定性命名,对于贾宝玉被伤害基因的解读而倾心。宝玉如此痛恨功名利禄,与其说是由于造反背叛的现代性,不如说是由于世代被科举仕途淘汰了的书生的古典伤害性记忆,留下了后遗症。她还喜欢赵爷爷分析:如果探春没有在搜检大观园事件中,给愚蠢丑恶暴虐的王善保家的一个大嘴巴,不知道有多少读者,会因为沉迷于阅读《红楼梦》而患上抑郁疾病。

古丽花儿回忆,赵老师说过,王夫人的方针是除美务尽,视青春为不共戴天的寇雠。

一九九三——三十一年前,赵老究竟在《红楼梦》讨论里讲了什么,无从回忆,尽管讲稿已经出版了单行本,赵老从来没有翻阅过。没法子,赵千秋是一个分析狂、研究狂、读书狂。从十八岁到九十岁,他几乎天天都有新体会、新回忆、新幻想、新题材和新体裁、新路数和新冲击,在那里闹腾,在那里起伏;他确实顾不上重温、反思、忏悔老话儿与旧作啦。九十岁后呢,他有点难过,说不清自己主要是为忙于创造还是忙于寻找频频丢失之物而活。

但是这回半路上杀出来的快餐店主,"古丽"——维吾尔语,就是汉语里的"花儿"。花儿就是古丽,"古丽花儿",就是店名,就是店主名字。经硕士店主一说,赵老想起了昨天,昨天的昨天,他的感觉可以名为微醺。他喜欢讲《红楼梦》等中国名著和世界名著。

于是他成了古丽花儿的常客,拉面、抓饭、烤包子、薄皮包子、南瓜包子、羊肉烤串、挂烤羊肉、拌凉皮、面肺子、大盘鸡、烤鹅蛋、酸揪片、馕与奶茶。他也与古丽店主继续讨论把刘姥姥吓得不住念佛的腊腌茄鲞与玉钏尝过的宝玉特供莲叶羹。他们还交流了乘意大利邮轮"地中海幻想曲号"漫游西地中海诸国与之后登瑞士少女峰的经验。

他欣赏古丽的文学记忆与文学关注,更欣赏古丽的宽阔自如的生活道路选择。古丽珍惜新疆地域与民族特色,她突破再突破各式拘束和局限,盛赞她生活过上学过的天津、北京、开封和甘肃崆峒。她是大学生,是小老板,是美食家,是旅行家,是中华民族古典文学爱好者与研究者。她是唯一一位与赵老原来素昧平生,时隔三十年,认出他、鼓励他、亲近他的"乐莫乐兮新相知"。他的友人当中,"悲莫悲兮生别离",离开了他的人数,已经远远超过了还留在本世界上吃喝呼吸说话唱歌的亲戚六人了。与古丽花儿的来往,对他的民族、专业、就业、创业、文化观,都有新质启发。

四、空间与时间的聚首

当古丽花儿认出赵千秋的时候，在场的另一位女士是吴良材分店多次免费为赵老矫正眼镜的彬彬有礼的技工，自带笑颜与酒窝的喜人的她，也凸显了不啻于前两位的激动与关注。但由于餐馆店主是来自赵老生活过二十年的新疆，由于赵先生熟悉和怀恋新疆，正如熟悉和珍重自己的青年时代，一时赵老沉浸于与古丽花儿共话三十年前的评红讲古，他忽略了技工大姑娘的反应。此后想起此事，他想再到眼镜店与技工一叙，他的遗憾是三个月过去了，眼镜一切正常，没失踪也没有被踩扁，他去眼镜店似乎师出无名。他总不好问：看您那天的反应，您对在下的姓名是不是也极关注？

天啊，人是多么常常被自己已有的存在与定性，囿得死死的啊。

赵老常常到古丽花儿店用餐并且与古丽花儿店主见面,毕竟也增加了赵千秋与吴良材眼镜店分店的碰面机会,这样的缘呀缘,要多伟大就有多伟大,要多神奇就有多神奇。佛说,回头一望的缘,是积累千百年的善果。难忘技工姑娘,难忘被古丽花儿新疆店主认出的一天。千秋要不要将钛金框树脂镜子多踩一脚呢?人生得意须尽欢,踩踩眼镜觅根缘。九十高龄塔玛霞(儿),高龄浪漫即神仙!(塔玛霞,tamaxar,维吾尔语,开心取乐之意。)

终于,两个月后,在古丽花儿这里,吴良材技工姑娘过来了,她的目光好似闪烁着火星,她的样子好像跃跃欲试,她拿着一个信封,脸上有掩饰不住的笑容,她说:"顾客赵爷爷,对不起,我打搅您,我的外祖母是您大学同学,她说她不敢肯定您是不是还记得她,她说好久了她不敢联络您。她现在给您写了一封信,是贴邮票用信封寄过来的,她说现在已经很少有人这样写信了,她说她希望用六十多年前的办法与您在信笺上见面。她说您两个人年龄相加,已经超过一百八十四岁了。"

"呵,谢谢,令外祖母尊姓大名?怎么称呼?她——您,那也九十多岁了……"有人与赵千秋爷爷说起六十多年前的大学同学,千秋有一种感叹,有一种怀恋,也许还有一种吾老矣的伤感,又同时是老得刚儿刚儿的自豪,也不敢说没有一丝想歇歇的疲劳。

眼镜姑娘鼓掌,她体会到了可怜的老年人的健康和力量。姑娘有一种轻松,有一种释然,来前她已经做好了思想准备:与老人打交道需要耐心,往事堆如山,往日茫如雾。姥姥强调,虽然她这边多次给外孙女讲过姥姥与赵千秋的故事,但她估计赵千秋不是不可能已经想不起她来——他会想不起来,他闹过伤害头脑的病,他忘记的或许比记住的多,她和外孙女必须等一等。

……赵老打开信封,他也已经忘掉了邮寄通信是一种联络方式。他看到了极其娟秀和清爽的小字:

"赵兄,听巧玲说赵主席是她尊敬的客户,她告诉了我。感谢你的踩也踩不坏的高档眼镜!感谢你长寿的仁者心地,不停地制造修理眼镜的必需!你的眼镜就是天枢、天璇、天玑、天权、玉衡、开阳、摇光,七星在上,日月同框!仁者寿,智者乐!您想得起您拒绝了的,然而回想起来肯定只道是她对不起你的同学姓名了吗?我这一生,对不起对不起;我对不起赵哥啊。"

什么?这是在说什么呢?这是什么人?谁?若有若无,天啊。往事非烟?嗟尔命短。百年一瞬,夫复何言?

赵老突然立即收起了信,他不想在古丽花儿这里看技工姑娘姥姥的信。他其实在今日见到眼镜姑娘,拿到信封与信的第一分钟,已想起了根本不用想的一切,同时他警惕着、怀疑着与推辞着。不,不,不可能了。他觉得事态糊涂而且严重,他需要保持平常心与镇定,他不能回到那风浪、那晕眩、那玩笑与那诡异的一切风波中心。风波浪里危险多,呀呀咿嘚儿哟,咿咿呀嘚儿嚯!漂洋过海,卖哟,杂——货!

他收好信,放到自己上衣口袋里,眨眨眼,转头对维吾尔族女店主说:"已经忘记了的往事与老友,人活到九十二,噢,应该说是九十三岁了,现在已经是二〇二四甲辰年。毕恰来开例(维吾尔语,可怜的老家伙)。"

技工姑娘见到眼镜店来了顾客,回店去了。

五、回忆、补脑汁、大脑炎

如果不是天书，那么像是另一路语言和文字。千秋老回到自己家，默默读信。他重读优雅高尚、应该是来自《晋书·天文志》的十四个字，六个顿点，七个星象名称。接着，是书信中更不好明白的文句："那天深夜，夜鹭从我们头上飞过""你数星星数到了三百六十五颗，我数星星数到了七百三十""疼你，给你送去了艾罗补脑汁"。他流泪了，立即又笑出了成熟的镇静与理智。

"后来就没有后来了，不仅仅是由于粮票""每个人都经受得住自己的年龄吗？你受得了寂寞与饥饿的童年？你受得了期颐祥瑞？你受得了回忆六十年七十年八十年九十年或者哪怕只是回忆二十年前的浪漫与乌龙？"

最后是："你愿不愿意让你的孙子或者孙女写一篇论述阿

尔茨海默病的博士论文呢？不能不告诉你，我的祖辈，有阿尔茨海默病病史。""在阿神落地以前，最主要的是知道了你的近况。"

好像是雾，好像是呓语，好像是水面，风平浪静，仍然在巍巍颤抖着；好像是被默哀后的感谢和感动，好像是马三立的相声《逗你玩儿》；好像是抚摸，好像是擦了擦你的眼泪而且留下了你的微笑视频影像。

随着老人的笑，吹来平缓和风，柳梢摆动，鳞状波纹，小鱼、小虾、八脚海蛰、蟹类上浮，一切回忆，被轻轻打上岸边，浮上岸的还有七十来年的歌声、笑声、泣声和旗帜飘扬的猎猎声。

她也从水底浮现出来了，从少女到妇人，从赵千秋的情侣到他人的妻室，从学生到记者，从跌跌撞撞到心平气和，从风吹雨打到秋阳明媚，到古稀与耄耋……再到阿尔茨海默与明天的无疾而终、驾鹤西去、长眠安息。佛曰涅槃，道曰羽化，基督曰永生，伊斯兰曰归真。天法道，道法自然。有一点兴趣与滋味，更多是沉着与安详。也许还有放下与超脱。

真的还是假的？回忆还是想象？错了还是对了？是她还是不是她？是她是不是一定就是她，不是她是不是就一定不是她？她写的信是不是就是给这个我的，还是另一个她想象的、她以为她记住了的、二十二岁大学男女生？是错投了的快与非快递，还是错投了的人生？是她的还是我的虚构？本片纯属虚构，如有雷同，仅是巧合。

是的，他们是一九五三年入学的大学同学，她叫曲未阑，她是班长，千秋是学生会主席。千秋出生于一九三一年，她比他小两岁。一九五六年，大学三年级时候，他们相爱了，他们难舍难分，他们一起去过上庄湿地和上庄水库。一九五七年，千秋陷入当时扩大化了的政治运动。艾罗补脑汁，这个名称太奇怪，被运动者需要补脑？从何说起？从来信文字上看，似乎是说，在他费脑筋、绞脑汁、伤脑髓的时候，未阑给他送了天知道的嘛行（读"航"）子补脑汁液，又补脑又淌汁，爱情暖心，药汁补脑，那时候的爱情观是多么甜蜜热乎益生养气！

而新世纪，千秋听到过不仅在港澳台，也在沪渝杭广厦门青岛，人们抱怨恋爱的"辛苦"与"高成本"。

九十三岁的他听着艾罗商标命名，一分可惊，二分忽悠，三分天真好笑，四分可疑难信。堂堂二十世纪，哪里会有什么补脑汁还闹什么艾罗——爱路（L）还是爱罗织？北斗七星命名，他感动，《晋书》认为苍穹大天是个盖子，极务实可爱。所有的盖儿都有几分可爱，需要时打开所有的盖儿，另一种需要时干脆全部盖上。锅盖茶碗盖和蛐蛐罐的盖儿，还有每个老人给自己的人生百年甘苦盖好的骨灰盒盖儿。

他又怀疑这不是真的。他一辈子就没有记全过《晋书》

上的星象美名，枢、璇、玑、权、衡、阳、光，他脑子里压根没有这些玩意儿，现在没有当时更没有。尤其是说还数星星？这怎么可能？三百六十五？七百三十？这么巧而准确的数目，哪里有的事儿？你数数看！北京海淀和昌平郊区上庄湿地，哪儿来的夜飞鹭鸶？如果当真永远含笑的美女技工巧玲的姥姥是未阑，近七十年来未阑是怎么过的呢？九十岁的未阑能记得清楚二十岁时候的事？二十岁的未阑与二十二岁的千秋，如今在哪里？早已拜拜，遥远啊遥远。能记忆得那么诗意与奇妙？能温习她的初恋？他不是以记忆力好而著称的吗？他过了几个小时以后脑子里才出现了承认了艾罗与上庄的称谓。至于《晋书》，就随它有还是没有吧，就由它被他或她记住或者并没有记住的吧。

然后是一张花笺纸，上书："一九五八，八月，不顾你来信劝阻，我到了和田，我没有能见到你。后来在浙江收到了你的信，你说：活好你自己。在你领粮票的地方。"

不，不，这是说什么呢？这是说他曾经的女朋友未阑到边疆找他去了吗？再说他记忆力虽好，却记不清他的患病，如果记得住自己患病，应该能证明自己并未患什么大病。他知道的是他病了一点点，后来好了，没有病了，也许他忘记生病不生病了。但是为什么他这时想起了一个名词"大脑炎"？未阑想的是补脑汁，千秋想的是大脑炎，互补互动，缺一不可。上世纪六十年代初,一些地方闹过所谓蚊虫传染的"大脑炎",这种疾病的称呼直白坦荡坚硬裸露,不是细菌性脑膜炎。他得过某种脑膜或干脆整个大脑而不是小脑的炎症吗?

他坚持记住的是另外的版本,一个不同的故事。给他送过补脑汁的未阑为他难过,她说要去看他,要嫁给他。他清醒和冷静地先是用书信,后是用自己近一个整月的工资给未阑拨打长途电话,那时打长途要到电信局紧张地排队。那时接到长途电话好比面对面的爆破冲锋兵或者呼啸而来的炮弹。千秋用五十多元一次的长途电话拦阻了她。但是未阑硬是记忆成了别样,说什么她到了,没见到,别有情节,别有悲哀,别有故事,别有记忆的此生。

更感人?

六、他与她的微信

接上茬了。曲未阑的外孙女,技工姑娘名叫郭巧玲。小郭帮助姥姥与千秋通联上了微信,两位老人都会扫二维码、打五笔字型。小郭也与千秋爷爷有了更多的切磋交心。他们的信息交换,路过了,掠过了,经过了三代人的七十余年。

千秋的微信:

阿妹以为阿哥跌落悬崖,下场会是粉身碎骨。阿哥的感悟是鱼儿抛入江湖,如果还不是大海。阿哥得到新的辽阔的天地与人生。天地人生,是课堂、补习班、训练营、运动场。阿哥负起一百三十五公斤麻袋,走在颤颤悠悠的跳板上,为货运汽车装运麦种。有一些恶语,阿哥却宁愿趁机有所得益、修炼与体悟。至少是，毕竟是，少年得志，意气风发，人生得意慎尽欢，莫使牛皮吹烂破。人生失意坦荡荡，新的纪录在前方。

未阑答：

我不会忘记与你一起在北海公园仿膳吃饭，所谓清廷皇家伙食，西太后、光绪和宣统吃过的与爱吃的。一九五四年，清廷太监大厨还在人间，就在北海仿膳与颐和园听鹂馆。给我们上菜的服务员显然也是太监，他们有自己的容色与举止风姿，他们的一言一语，一伸手一屈身一摆手，"旗人"礼数周全外溢。北京人的礼貌使我想起来掉眼泪。

那天是夏日雨后，吃饭的人很少，我们俩年轻人有对旧朝往事的怜爱，有对幸为新时代中国人的感奋。一代青年，多思多感，豪情热烈。

新生活永远令人振奋，往事令自己温柔，旧事尝尽甘苦，活一遭有多值得哦，阿哥！人生，新中含旧，旧中萌新，新与旧的故事成就着文学的估证，文学与生活互相安慰、解脱、拥抱与对话。文学有抒发也有弥合，有嘲弄也有敬礼。即使我留不下太多，至少要给千秋留下比自身更充沛的眼泪与笑容。

千秋致未阑：

　　因为我爱学习，我一生靠的是吃学习这一大碗饭。到仿膳吃饭，历史回味与大清覆亡的史学意义超过了肉末儿烧饼与豌豆卷、菊花鱼与宫保虾。历史常常提醒与戏弄今天。我拿下了一种少数民族语言，三种外语。什么都想学。挥钐镰与打高尔夫球是非常接近的行当，都要注意学好。我被德国大作家的遗属邀请去访问讲话，我立刻报名参加德语班，当然，几个星期我学不会德语，但是至今我知道怎样用德语电话叫出租车，为之兴奋莫名。有人问我，学那么多东西有什么用？我说人总是先学到手，再用。学习让人快乐，开明，乐观，自信；投入学习并拒绝了低级、卑下与贪婪，私欲与空虚，妒忌与排斥，也拒绝绝望。学习是一种福气，是一种享受，是一种维护健康的补脑神药。一切的困难都阻碍着人生，但大多数的困难不是妨碍了学习而是推动促进了苦学真学下死力气学习。

未阑致千秋：

很好，我记住的多半比你具体，鸡毛蒜皮，杯水朵花。青年时代，学生时代，我忘不了的是一九五七年七月初的批判雄文，高屋建瓴，势如破竹，一切都无比伟大。尔后八月二日，阴雨天，菜市急于抛售处于爆裂边缘的西红柿。你还记得吗？对了，一毛钱十五市斤。你花了四分钱买西红柿，加四角钱白糖，我洗净了托迈头（英语：番茄）和泡母杜尔（俄语：番茄），拌上白糖。那就是天堂，那就是快乐营养，那就是各取所需，那就是青春万岁……是的，还有艰难，还有憋闷，但是我们的青春有西红柿拌白糖的幸福。记住幸福，是一种善良和天资。陀思妥耶夫斯基说，他怕的是对不起自己受过的痛苦，这很震撼，痛苦是一种伟大的感受。同时我的后半生始终警惕：不能对不起与西太后吃的一个味儿的肉末儿马蹄烧饼。

你讲学习讲得很好，我则异于是，我是个俗人，我是个小人物。我怕的是我对不起一毛钱十五市斤的西红柿，拌四毛钱一市斤的白蔗糖。

很简单。活一辈子，要对得起痛苦，更要对得起幸福。

千秋致未阑：

你让我流泪了，亲爱的曲班长。我们老了吗？老就是最充实的青春记忆之积累。老年人的每一天都蕴含着青春的上千个晨夕和日夜的闪耀，激情和眷恋。老年人的每天都在遗忘和淡化，那已经过于膨胀与结实的感慨，快快释放出去吧。我喜欢你的细致入微的强记。对不起，我有时也怀疑极明晰的博闻与强记中会有迷雾，会有浪漫中的乌龙，会有文学性或者神经性的虚构。那就快乐而且善意地虚构下去吧，我会响应。

我此生没有结婚，我没有忘记班长。但是我要坦白，某种情侣在我爱情的虚构里仍然很棒很热乎。这里我爱过的有古人和今人，华人和西人，法兰西、俄罗斯、西班牙、日本和朝鲜，还有非裔黑人。敌伪时期，我的小学课本上说是还有一种红种人，我曾经想过，要不，长大了娶一个红种媳妇。我还特别倾心女拳击手、女子举重运动员，我幻想一个轻视与坑害妇女的男子，被女子运动员随意举起，砰的一声摔出十米以外。从小我就敢想，请不必担心我。没有婚姻却有胡思乱想，与没有胡思乱想只有婚姻，难分轩轾。我也会想到与她们伴游，一起吃西红柿与太监厨师的美味佳肴。我不是因为你而一辈子没有结婚的。结婚与不结婚,多半不是结果,而是机遇与偶然,不是计划经济,也不是市场经济,也不完全是文学想象与修辞,是离不开文学与修辞的实在生活的审美接受,是巧与不巧的辩证法。至于一起数星星,我愿意与你进一步探讨一些技术性手段,我们数下去数下去,想下去想下去,那很好,其实不一定数过,也不赖。不管它是天枢天璇,还是芸豆卷番茄,是印欧语系还是阿尔泰语系,它们都美好无瑕,楚楚动人,又似烟雾茫茫,随便。

未阑致千秋:

你赶快去娶一个强势女拳击手或者举重运动员吧,犹未为晚,我乐观其成。

外孙女玲玲告诉了我你的钛金镜框眼镜的命运,我要送给你一根系在眼镜腿上的镜链,这根链子是用细小的玉石做成的,套在左与右两端的眼镜腿上,当你摘下镜子近看书报卡片的时候,眼镜挂在镜链上,镜链挂在你的后脖子上,垂在你的胸前。当你戴上镜子看远处的时候,镜链动摇呈大写U状。眼镜永远不会落地,不会被踩压或踢走,让我们三代人关心和庇护你的高级眼镜和你的慧眼。自从玲玲帮助我们恢复了联络以来,我用了半年时间来设计备料打磨和做成这个眼镜链。这一辈子我对不起你,我不管你幻梦中有各种族各民族各行各业几多美女。几十年了我不敢找你。我不知道做一点什么才好。

千秋致未阑:

我订好机票,后天16:46抵达杭州萧山国际机场。

未阑致千秋:

不,不,你不要来,让你永远保持着我的当年形象吧。女人都是这样的。一位高级领导人去看望病中的宋庆龄,宋主席婉言谢绝。我活着没有坚持等到你,无论你怎么说,我太像是毁了你的一生。至少我应该自重,给你留下一个美好的记忆。

千秋致未阑:

不,一切仍然来得及。只要是赶在生命结束圆满之前。大学时代是青年时代的一个高峰,"九〇后"是我们这一辈子的一个高峰,是篮球赛的最后一次篮板球或者三分远投。与其慨叹生命的短促,不如强调人生的珍贵。与其为老迈而尴尬,不如为老而不死感恩荣幸谢天谢地。与其为遗憾与失落而空虚,不如为弥补与安慰而心存欢喜。也许弥补只是一个念头,而安慰只是一个笑容。与其为往事而痛苦,不如为现在创造更多更大更好的可能。如果明天还有追忆与感动,我们就可以下决心多活这二十四个小时。而当这二十四小时到了最后一秒钟,让我们欣然告辞,回归本原,与日月星辰山河大地同体。不要被地球渺小人类渺小银河系太小的空话吓住,这个银河系是我们的,这个地球是我们的,这个人体人心人魂人生是我们的,夫欲何求?夫能何语?夫有何怨?夫乐何如?没有小,哪儿来的大?没有老,谁还在乎青年时期?玲玲告诉我了,你早就坐了轮椅,我可以推动你的轮椅,我们再数一次星星,我负责去买白糖与西红柿,现在北京的西红柿每斤三元五角至六元。现在的西红柿物种大大分化了也发展了。我知道我们从以色列引进了一批西红柿与彩椒的新品种,我的朋友古丽花儿硕士老板,专门为你做一锅薄皮包子。她做包子的特点是绝对不可剁馅更不将羊肉绞轧成烂酱,她们是用不大的刀子将羊肉切成小丁小块,让你品尝羊肉丁块的结构给予我们的口腹的触觉。咀嚼的重要性在于多维接触,不满足于仅仅是吸溜吞咽。

未阑致千秋:

那就来吧。没有什么。老了就是老了,错过了就是错过了。赫拉克利特说:"人不能两次踏入同一条河中。"也可能踏入同一条河道,不同的水。水与水有区别也有一致。我从小不喜欢老莱子的故事。我们带不走任何一片云彩,我们也留不住一毫升的逝水。而该接续的一定永远接续,该留存的也一定要留存。我们还能说一点微信,更现实的是我要把我花了几个月制作的珠玉挂绳眼镜链给你装上,你会欢喜。我要你的欢喜,我们只能欢喜。

七、眼镜的挂绳链

人生何处不相逢？相知相别再重逢？七十来年情义重，得失本是相连通。

"我见到你了，我们胜利了。我们很幸福。"千秋对未阑说。

未阑说："你仍然执着倔强理想，我呢，三年前坐上了轮椅。人生是实在的，实在是时时往来更替的。六十六年过去，你仍然你，我仍然我，你已经不是当年的你，我已经不是当年的我。西红柿不是当年的西红柿，品种价格形体都是别样。一切都是永远，一切都是瞬息，要来就来呗，失望其实也是上好的解脱，永远期待容易上火。"

千秋说："为什么失望呢？九十岁的人不像二十一岁的人，什么样的白痴会因此而失望呢？我喜欢看到你，什么地方变了,什么没有变,这不是很有趣吗?你说话的声音不像六十六年以前,也不像手机传送过来的音频,更不像任何别的人。不,你记得配音苏联儿童电影《一朵小红花》吗?"

"没有,没有。我不记得有这样一部苏联片子。我觉得并没有这样一部片子。"

"也许不叫'小红花'?不可能是白花黄花紫花吧?你的声音让我想起了苏联影片的配音,现在苏联也没有了,何况电影片子的配音?"

"你说得好,我只是配音罢了。我对不起你,我轻松了。"未阑大哭起来。她说得潇洒决绝,她哭得伤心。

"对于苏联电影,那只是配音。对于本人,是天籁,是本性,是本声,是曲班长的甘甜和良善,和声和共鸣,还有呼吸。"

"呼吸?气声?邓丽君?席琳·迪翁?"

"谁?胡是胡?"

"加拿大歌手。《泰坦尼克号》主题曲:《我心永恒》。"未阑笑了。千秋忍住了泪。

千秋与未阑在家人照顾下同游了白堤苏堤,千秋推转未阑的轮椅。千秋与未阑同去楼外楼吃了西湖醋鱼与梅菜扣肉,他们要了茴香豆。千秋边吃豆边说他想念孔乙己学长。

次日他们一起唱了陕北与山西民歌——《信天游》《送

鞋小调》。他们一起唱了一批苏联歌曲："在乌克兰辽阔的原野""为什么目光一闪""红莓花儿开在野外小河旁……"

未阑还唱了越剧里祝英台的《哭灵》："我以为天从人愿成佳偶，谁知晓姻缘簿上名不标……谁知晓未到银河断鹊桥。"他们唱了，哭了，笑了。千秋加了一句自己的唱词："鲐背重逢犹未老！"大笑。

他们的会面比预想中的轻松，一切都不言而喻。年龄增加了挺住并且破涕为笑的功力，年龄带来长寿的绝对满意感幸运感，年龄破解一切艰难往事，年龄的慈祥、耐性与理解的立体性令人由衷欢喜。

当你面临某些磨难的时候，时间和年龄保证你的转运机遇。

一九五八年，落马的千秋到了边疆，两个月后千他患病，接下的事二人所忆不同。是不是千秋由于大脑炎出现了后遗健忘症？随他去吧。伤痛至极便荒唐，荒唐离谱苦断肠，六十六年人依旧，长寿百年同养康！

未阑一九六二年与一位比她大十二岁的工程师劳先生结婚。生有一儿一女。丈夫出身于民族资产阶级家庭。一九七八年底，党的十一届三中全会以后落实政策，工程师获得域外遗产，实现了中上富足小跃进。二十世纪末工程师病逝。未阑后来由于膝关节炎症积水，早早坐上轮椅。未阑大大方方自嘲打

高雅的链绳　　107

油,曰:"且坐椅轮享太平,端端吉庆乐畸零。人生本有酸甜辣,哭罢劳生会赵生。"

"你怎么会认为我会忘记你呢?"赵生问道。

"六十六年的分别,六十五年的各有赛道。我不敢把自己不当外人,我不敢妄自想念也不敢相信。可我又想,我们的人生真了不起,大学生时代,我们为我崭新的历史做证,为你和为我做证。没有你,我不会确认我那时的人生。然后风驰电掣,各奔前程。九〇后了,眼镜把我们带到一起。而且你是那样豁达,那样光明……你是我的灯火,我的光啊。"

他们终于大哭了,千秋很熟悉的一个比自身一代更老的说法,是用来谈戏曲故事的,叫作"抱头大哭"。

然后,这次会面,重点从怀旧、抒情、哲学、哭与笑转向眼镜挂绳链。链子是为了防止戴了摘,使得镜子滑落失联而制造使用。千秋本以为加上链子会使人老得益发啰唆可厌,没想到未阑告诉他,数种绳链花样翻新,诸如淡水珍珠型、不锈钢与合金钢型、黄金材质型、镜框同形型、化纤型、彩色钢化玻璃型、绳线型,丰富多彩的眼镜链绳产品,已经使眼镜链绳首先在众女士身上出现,其次普及至需要眼镜的儿童少年身上,最后到了中老年男士身上,成了类似耳坠项链围巾领花式的实用兼装饰品乃至美颜品炫福(富)品了。

"理论上说,黄金链绳最理想,明年吧,我会给你再准备一条黄金眼镜链绳的，这一次呢，我想自己动动手，动动心。"

未阑再吟道："六十六载甚伤心，暖慰千秋思赵君。链绳美妙星月亮，此情此景叹此身。"

用了半年时间为千秋准备的眼镜链绳，是未阑挖空心思，亲手制作的产物。首先她在玉器厂专门定做了五百粒通心卡瓦石、琥珀、翡翠小珠子，小玉石出自边角料，节约成本。玉珠分黄绿灰白四种，抗氧化，不掉色。再订购了黄金丝绳与硅胶8字套，再经过她六个月的如切如磋、如琢如磨、穿线引丝、连套、续钢丝圈扣而成。现在做成的链绳，经过淘汰精选加工，小玉珠用了三百六十五颗，另加一百三十五个散珠，装在一个精美的特制盒子里，有需要时换旧补新，高雅大方，匠心独运。

眼镜吴良材分店老板郭巧玲姑娘，特意从北京飞回杭州，以至亲与行业专家身份，参加外祖母为其老友——干脆说就是前度情人——举行的安装眼镜链绳典礼。这次千秋明白，人家是名分店老板，而不仅仅是技工与前台接待人员。谁让自己高龄起来了呢？看着别人都是稚气弥天的孩子。

果然，技工姑娘虽然还没有成家，巧玲经理通过赠链绳活动，与赵爷爷已经大大拉近距离。她说："爷爷，您想想，姥姥不与劳姥爷在一起，就没有我妈，也就没有我，也就没有人给您拧巴眼镜框,也就没有姥姥做得这么漂亮的链绳儿喽!"

"当然,我感谢劳先生,感谢你姥姥,感谢你妈妈,春节期间回国,请她和你爹爹到北京一起吃陕西饭庄与古丽花儿,好不好?"赵千秋说。

装戴好带高雅链绳的眼镜,戴稳戴好,未阑表扬千秋说:"想不到你还长着这样好的头发!丰满活性。你的鬓角和前额底,恰恰还长着发黑的头发,你的眉毛与胡须,都是黑的,尤其是头发的浓密,更像是壮年,我比不了!"

千秋摆摆手,说道:"惭愧了!"

千秋来杭州的念想本来是向未阑求婚,九十三岁也罢,免去单膝下跪也罢,对方在轮椅上也罢,终于与未阑成为佳偶,不枉此生,不枉艾罗补脑,不枉主席班长,不枉仿膳、上庄星空与一角钱十五市斤的西红柿。见面,畅谈,特别是佩戴上最最高级、独一无二的链绳之后,他想再缓一步。青春可以万岁当然就要积存,爱情可以燃烧同时可以凝结,真心可以登记也无疑自带价值,发光永远,自然而然。千秋吟道:"发不全白真可笑,情犹深切或伤悲。艰辛历阅心干净,乐善欢愉兴未摧。"

八、永无丢失

五天后，千秋乘高铁回京，玲玲推着外祖母轮椅上站台，将千秋送到一号车厢门口，千秋俯身与轮椅上的未阑贴脸拥抱，热泪盈眶，喜悦满怀。转身上车以后，千秋立即跑下，悲从中来，大呼小叫："我的眼镜滑落在站台上了！我找不着眼镜了！"

老爷子活活要人命啊！巧的是古丽花儿也乘坐此辆高铁的豪华商务车厢。一时间，花儿、玲玲、未阑、千秋、外甥孙子，二青一中二老，五人紧张俯身低头在站台上寻找高级近视镜与高雅眼镜链绳，急火欲焚，这时催旅客登车的电铃声响，服务员伸出头来呼唤他们："请上车吧！"

上车，开行，千秋一身大汗，听到了一声呼喊："爷爷，眼镜您戴得好好的呢！"

什么？不可能。什么叫"戴得好好的呢"？胡说些什么？因上车时丢失了眼镜而懊丧万分的千秋，用力摸寻搜索整个脸庞，直到下巴前后上下，又专门摸寻了自己的左右双目，费了相当多的力气，他终于悟到，他摸到手指下的软软硬硬、凸凸凹凹的一切，并不是自己的五官，也不是未阑的脸的触及留下的温暖与芳馨，更不是其他附着物，他怎么硬是失去了感受与理解身外物、辨别什么是什么的经验与能力了呢？他当真欲羽化而成仙了？他的大脑炎后遗症又发作了？他先于未阑成了阿尔茨海默病人？他突然了然，脸上摸到的一切身外之物，那就是自己多次丢失的高档精品眼镜与高雅链绳本身啊。你怎么会感觉不到那正是你的宝贝镜子，还有更宝贵的出自未阑双手的链绳呢？

千秋笑了。古丽花儿也笑了。她说："你一急，我们全体只知道找镜子，却没有人顾得上看看你的面孔。"

花儿说，她来杭州，是为了在浙江开几家新疆餐厅分店，她希望玲玲的眼镜店，也发展到这边来。

未阑还在站台上轮椅里为千秋"丢失"眼镜而心意难平。玲玲告诉姥姥："爷爷的眼镜，好端端戴在老人家耳朵上呢。人家是骑驴找驴，赵爷爷是戴着眼镜找眼镜。"

未阑说："胡说，他的眼镜明明又丢了……"

玲玲举起自己的手机，她拍摄下来了，赵千秋爷爷戴得好好的眼镜，配大 U 形、潇洒垂下的独特链绳，好一个半转身准备登高铁商务舱的帅爷爷啊！

"那你不早说……"未阑不肯向外孙女认错，转而埋怨玲玲。

"是你们在那儿闹哇，姥姥，爷爷，闹得天翻地覆啊！老天，我知道爱情有多么可怕了，闹丢了眼镜，闹昏了心！"

玲玲本来还想说是闹丢了"魂儿"，没好意思。她，她也还在急着自己也闹一闹呢。

火车上，千秋与古丽花儿一再确认，正颜厉色，鸣誓发愿，共同证实了眼镜与高雅的链绳是绝对地明显地稳稳地戴在千秋脸上，链绳优美地垂在千秋的后颈。千秋面对古丽花儿，摘下，戴上，再摘下，再戴上他的镜子，爱不释手地拨拉着抚摸着亲爱的链绳。他们俩笑得直不起腰：这个世界，这根链绳，这种丢失的人设怎么会这般痛快！

夏之波

无论是前一分钟还是前一万年,都是已经一去不复返的往事,都是已经永远逝去了的历史。

所以说,一瞬即是万年。

那一年的夏天热得出奇,热得飞鸟从天空坠下摔死,太阳烤得蝈蝈笼子燃烧起火。一家晚报刊登消息说,一只富有解放意识的蝈蝈,由于抗议人类为之设立的藩篱,纵火自焚。这是这家报纸该年发表的最接近事实的客观消息之一。

人们由于天热而激动。大家计算着我国人均收入水平,并且说六十年代我们的国内生产总值与日本大致相仿;而在唐朝,我们的生产总值仿佛是日本的六十倍,如果不是七十倍的话。一位科学家早在五十年代已经指出,根据能量守恒定律和对正在转化为碳水化合物的日光能的计算,在北纬二十度以北的我国大部地区每亩地可以生产小麦两万斤。只要做到这一步,我们将重新居于世界第一。而从西安附近发掘出来的秦代铜车马来看,我们的冶炼、造车与喂马技术都一直遥遥领先。直到孙悟空接手饲养天马任副处级长官弼马温为止。

我们在讨论会上谈到了这些令人难寐的事实、史实。而且说,如果砸破了铁饭碗大锅饭,就一定可以使劳动生产率提高九倍。这个数字的根据是一条妇孺皆知的表述:十亿人民九亿侃,只有一亿在发展。大家说,只要九亿人也来干活,只要每

夏之波　　117

天干足八个小时,就可以实行每周五日工作制,就可以马上占据地球的前列。大家抨击说,市公共汽车公司调度员提高了工资,于是售票员怒而不售票。小张昨晚坐358路车回来,拿着钱去买票,反而被售票员呲儿了回来。小张在慨叹报国无门的同时愤然喝道:"我看中国人就欠以阶级斗争为纲!"如果送百分之五的人去劳动教养,也会"一抓就灵"的。

大家都为国运民运劳动生产率纪律效益百分比绝对值急得愁得掉了牙,然后承认"这几年好多了",然后老董说:"这几年好多了,早几十年这样干多好!""废话!"被一致斥责。又一致叹息:"真是不说白不说,说了白说啊!"

然后急急忙忙地夺路而逃。离下班还有二十分钟,办公室里已没有人影。为了躲过乘公共汽车的高峰,所以下班要提前,上班要推迟。人同此心,高峰便也同步,该提前的提前,该推迟的推迟。我的前任一千五百度近视眼的老杜想扭一扭。他甚至亲自坐镇传达室考勤,据说还搬到大办公室办公——意在监工。他激起了众怒,站到了人民的对立面。全局只有他一个人是按生辰八字准时退下去的。说是,既然他那么一丝不苟,那么……

与此同时,晚报上说农民万元户买了钢琴,买了汽车,买了飞机,即将可以买原子弹。电视新闻里出现了农村的摩托车大赛。我们的人更急更气了,说是我们从事的是高级复杂脑力劳动,为什么制造导弹的人还不如制造茶鸡蛋的?报上说一个卖茶蛋的小姑娘已经自费买了机票,自费去美利坚合众国留学。他便进一步质问,他在世的时候是知识愈多愈反动,现在呢,是不是知识愈多愈贫穷?他还跺脚说,为什么人家属人参,越老越补,而我们属萝卜,越老越苦?大家鼓掌。老董跺脚又大跺,把地板跺出了一个洞,从中跑出一只白老鼠。他便又笑又赞,确实生活提高了,连老鼠都白白胖胖,活像天天吃壮儿糕与肥儿散。

飞机的马达发出了尖锐的啸声。送行的人大声与他说着道别的话。他与这个寒暄,与那个惜别,又时不时把头转来转去向每一位友人投以迷人的微笑。而所有这一切都是下意识地进行的。就像十五年前的那次酩酊大醉。他知道自己醉了,而在那个场合,是绝不应该醉的。他保持着谦恭礼貌的微笑,保持着主人应有的耐心与周到,使每一个人都不会感到自己是被忽略了。然后,他送客人回去。他走过三条街,过了两个十字路口,在汽车与自行车的河流中穿过,一切都恰到好处。而这一切,他事后完全不知道自己是如何做到的。

他的浑身都在发烧,又甜蜜,又酸楚。他像一条自由的、骄傲的鱼。他像一条被烧煮、被烹调的鱼。醋、酱、辣椒和烧到了一百五十摄氏度的菜籽油都浇到了身上。落地窗白晃晃地耀眼。像是海水被日光煮得沸腾。尖厉的、杂乱的、重叠的噪声像海浪一样地扑打着他，吞噬着他。他觉得耳聋。空中交通的指挥塔正在膨胀、正在解体、正在震摇而且涌进候机室。正在起飞的飞机扬起了期待的脖子，那样渴求，那样无望。另一架飞机则向他们冲来，不怀好意。一片混乱中他仍然听到那低低的、过于天真的声音，就像耳边的私语：

"我不乖吗？"

他已经听不到这私语了，而私语仍然在重复。她的大眼睛使他吃惊，甚至是使他害怕。没有一个中国女人长有这样大的眼睛。那好像是把一双普通的眼睛用力扩开了似的。那黑眼珠还在不停地扩张，透明而又执着。那眼白坚硬而且——他要说的是——愚直。

我传达了领导的指示。七月八月，是"改革月"。松绑；承包；岗位责任制；分成；聘任与解聘；计件工资与分成工资；奖金；计分；第三次浪潮带给华夏的机会；电脑考勤；需要大胆试验；需要开拓型的人才；需要有新的面貌、新的局面；需要向前迈一大步……

于是进一步激动起来、沸腾起来，好像天上已经布满了蛋糕馅饼，好像我们的河里将要流淌茅台白酒。各种闻所未闻的信息遍地开花。新的口号遍地开花。叫作：一心想着富字。

叫作：能干会花。叫作：直接进入第三次浪潮。新的措施：为所有的职工每人做一身西服，包括坎肩和领带。新的公司，不需要任何设备和房舍，也不需要任何资金的公司——信息服务公司。掌握了信息就能发财，就能大翻身。新的"三三制"，机关里三分之一留守上班，三分之一各地巡视包括出国考察，三分之一经商搞钱。恭喜发财，高消费是光荣。现在都什么时候了，还讲勤俭节约——简直反动！其实把我们单位改成一个养猪场也早就发了大财。不，养猪太臭，最好是养苍蝇——我们专门培植全世界自然科学家都离不开的苍蝇。这在全球都是创举，需要为你雕一座铜像，摊开两只手，手心上爬满各色各样的苍蝇。然后全世界的生物学、遗传学、生态学、遗传工程学、医学、生物化学……科学研究机构与科学家都会向我们订货。而我们要的价很公道，每只国际标准苍蝇 1.50 美元或 2.50 西德马克。

她穿着一身黑丝绒的衣服。脖子上围着白绸纱。在契诃夫的剧本里有一个人物尼娜，她总是穿黑衣服。当问起为什么穿黑衣服的时候，她回答说：

"我为生活志哀呀，我不幸福……"

"我们的领导应该民主产生，是的，要选举。一切由上面指定就会是淘汰精英而选拔低劣。因为没有一个领导愿意承认别人比自己强或者有可能比自己强，这样一种估计本身就注定了要黄鼠狼下耗子——一代不如一代……"小张讲得慷慨。他的湖北口音更渲染了他讲话的气势。

已经有愈来愈多的人向我推荐，小张是个人才，而且是"官"才。他早就把一句话挂在嘴上："如果我当省长……"

"我们倒是想选一个能人，选一个新型领导人物，领导我们走向现代化，领导我们先富起来……有这样的人我们不选才怪……可是我们选谁去呢？"众人说。

"选谁去？人人都应该来竞选！拿破仑说，不愿意当元帅的士兵不是好士兵！同样，不愿意当领导的干部就不是好干部。现在是改革的年代改革的月份，每个人都应该拿出自己的改革纲领，不想改革不会改革不能改革的人只好请他走开，他可以去倒卖香港丝袜嘛！"

"算了吧，倒儿爷们改革意识才强着哩……"哄堂大笑。

"那么小张，你先带个头儿，你来竞选一下嘛。你说说，如果把我们单位承包给你，你怎么办？"

"我不说……先让别人讲！"小子还有点神秘。

"小张说得对。就是要竞选。没有这点精神的人干脆滚蛋……"几个年轻人热烈起来了，响应起来了。

"我不竞选，滚蛋的话我就去大街要饭。"老董说。又是一阵哄笑。

如此这般、三起三落以后，小张恶狠狠地说："要我承包也可以。第一，每年的经费必须翻三番。第二，人员裁掉三分之二，所有的老的不听话的跟不上的包括你，"他用右手食指狠指了一下我，"我都要裁掉。裁了的就一律不管，死活没我的事儿。第三，我必须真正拥有权力——财权、人权、决策权与处置权，谁也不要干涉。比如说用人，我就是要顺我者昌、逆我者亡，否则领导还有什么权威，工作还有什么效率？比如工资，我想给谁开多少就给谁开多少。否则，发再多的工资有谁领你的情？有谁为你卖块儿？"

至少有一半人为小张鼓掌。有的干脆喊出了声："我们拥护小张！""由小张来承包！""让小张领导我们先富起来！"

我不知道该怎么办。也许，真的应该"让贤"了，就干脆让小张来试一试？也许，他们会使生活焕然一新？可小张为什么说得那样龇牙咧嘴，那样吓人！

当飞机呼啸着升空而起，当地平线陡然倾斜起来，他知道，这一切已经永远地逝去了。他告别这个孤岛，告别她如告别逝者。什么是往事呢？坟墓和十字架。

当他用潇洒优雅的姿态与送行者一一握手道别的时候，她拥抱了他。他觉察了她的脸，粗糙、冰凉，而且坚硬。那颧骨大概是粗大的。这大概是她的命。她不会有更好的命，比一切温柔小巧更令人痛苦。痛苦就像一场大火，烧毁了楼阁，烧毁了须发，烧焦了心。剩下的是一片废墟，是一片瓦砾，是已经冰冷、但仍然未散失尽的烟。

然后在废墟上，在分裂的土地上重建起了不夜的城市。到处是耀眼的白灯，是富丽的店铺，是浓妆的女子，是烤肉的油烟，是哭一样的歌唱，是货物的琳琅，是疯狂的节奏，是抢劫的危险，是欲望的陷阱，是越来越赤裸的肉体与越来越难以辨认的灵魂。

你好。

你好。

在五星级旅馆的旋转门旁，他们互相问安。他一点也不了解这个城市、这个旅馆、这个人。也许他的动人之处就在于他的陌生？他像外星人。他不是这架充分发达的回旋加速器上的一颗原子。他好奇地、傻子一样地瞪着眼张着口，悲伤地看着它们。

她好奇地、傻子一样地、悲伤地看着他。

而他发抖了。

领导班子连夜开会，争执不下。消息却立即不胫而走：小张即将上台。

告状信飞上来了。小张"偷"过木匠房的油漆与清漆；小张在当"红卫兵"的时候砸过柴可夫斯基的《天鹅湖》唱片；小张给美国人写信，活动出国；小张贿赂一个司机，全家坐他的车到一百二十五公里以外的风景点去旅游。

推荐信和拥戴信也随即飞了上来。小张是开拓型人物。早在一九六八年小张就说过，农村必须搞包产到户。在一次会议室险些失火的事故里，小张一个人就向燃烧的沙发泼了五洗脸盆的清水。而且他急中生智把痰盂扣到了帽子冒烟的科长头上。小张既懂业务又有组织能力，是不可多得的"四化"干部。小张是槽枥间的千里马，现在需要的是伯乐的眼光与伯乐的决心。

惶惶然。人们在争辩小张上任究竟会是祸还是福，现在是站在"反张"还是站在"拥张"的立场上更正确而且更加有把握。某某某与某某某是否明反暗拥或者明拥暗反或又拥又反，简直说在这样的事情与一切事情上搞八面玲珑脚踏两只船留一条退路究竟是明智还是缺乏人格。人们在担忧如果真的实行了聘任制自己会不会被聘用。有的认为现在就应该给小张送点枸杞子与青春宝。有的则利用一切机会慷慨陈词，维护体制给自己的千般好处。有的开始巡回拜访已退居二线但仍是最有影响的人物的老领导，哭诉自己受到了小张的打击。老领导问：

"小张不是还没有上任吗？"答曰："没有上任就开始打击，上任了就更要打击老骨头们。"有的去找小张献策，交联络图交类似《红楼梦》中的"护官符"。有的声明如果自己不被聘用就上吊，开始起草准备复印绝命书。有的则有意当着小张与我的面声明："不聘我可以！又没奖金又没有出国机会，我压根儿就不想在这里干！可是有一条，看你们聘不聘老李，我们两人都不聘，也就罢了。聘我不聘老李，应该！聘老李不聘我，我跟你们拼了，咱们白刀子进红刀子出——我不捅别人，我攮我自己的心口还不行吗？"

五天以后，小张受不住了，正式写来了书面报告："我是死活不当领导的，请上面千万不要考虑让我做什么长。我发发牢骚说说大话还可以，真干，我干不了！请不要因为某些人起哄就聘用我，聘用我只能给人民给国家给我个人也给别人带来不可弥补的损失！"

底下，小张说得更绝："去他妈的吧！口头上都忧国忧民盼改革、催改革、要改革，实际上，拔一毛而利改革，就没有人肯干！都等着天上掉改革的肉包子呢！依我看，只有喝西北风的份儿！"

领导班子终于否定了对小张的提名。

领导班子决定还是聘用我，而且举行了隆重的发聘书仪式。其实我在这个单位当领导，已经两年多了。

一个花花世界。一条每座店铺都明丽得像天堂里的宫殿的街。每个人都心事重重，衣冠楚楚。每一家每一件商品都发出诱人的红光、垂荡着触目惊心的价目卡片的店铺——一个服务得这样周到、满足顾客得这样熨帖、规定得这样严密的地方。

在这样的地方漫步，你内心的感受当如何呢？

感到满意。好像被按摩，好像被爱犬舔遍了全身，好像笑得更加高雅，好像随着花瓣洒下，被花瓣埋葬。

感到消受不了，承受不了；感到自己的肠胃太无能；感到胃胀、停食、漾酸水；好像一艘船因为超载而正在沉没。

感到愤怒，感到侮辱。像一个乞丐，像一个被逮捕被押解的囚徒。感到羞愧，像不肖子卖掉了传家宝。

而最根本的，只是孤独。越热闹越红火就越孤独。人与环境、人与土地、人与族姓的关系竟是这样脆弱的吗？

下起了小雨。为了躲雨，他们紧靠着店铺的橱窗和门户。而使城市变得安静幽雅。汽车也开得小心翼翼。他们穿过一个又一个商场。假发、首饰、大大小小的皮箱、化妆品。又穿过一个空荡的、堆放着许多塑料垃圾袋的小街，小街散发出一种陌生的刺鼻气味而且街面发黑。然后他们走进一间白房子。白桌子白凳子白圆椅，落地镜面里也是一片洁白。然后他们要了咖啡。土耳其式还是意大利式？侍应生问。加不加一种兑咖啡的酒，南非出品？联合国正在对坚持种族隔离的南非进行贸易制裁。

他凝视着窗外的树影，车流，人行。匆匆而又心事重重。"从前有两个最淘气的孩子，一个男孩子一个女孩子，就用这两个孩子命名了一个著名的餐馆……"

"我小时候非常淘气。姑妈老是说我，管我，还打过我。她养着一只金毛狗，有一天我把狗鼻子涂成红色……"

他变得闷闷不乐。"咱们走吧，我累了。"他说。

过去是我领导，现在是我承包，而且说是，承包三年。说是一切权力下放到我这里了，我可以"生杀予夺"。

第一个问题：我聘用谁，不聘用谁。

我最不想聘用的是老赵。他喜欢串宅门，送礼请客，叫作"关系学""名单学""致敬学"。对任何实际事不出主意、不出头办，不解决任何实际问题，却又事事计较，事事争先，事事作梗。在我们讨论要不要给每一个科室发一听速溶咖啡的时候，他撇着嘴说："也不能说喝咖啡就是对外开放，不喝咖啡就是保守僵化。"当我们为了尊重他的意见拟议不发咖啡的时候，他又说："也不能说不喝咖啡就维护民族传统，喝了咖啡就崇洋媚外。"当我们追问他到底是什么意见的时候，他说他根本就没有意见："一切听大家的。"

但是不能不聘。不聘他就会造成震动，就会使有关领导有关人士都同情他，就会落一个排斥异己、不顾大局的恶名，就会得罪一串人，就会使一直在那儿"反"老赵反得起劲的小张他们得到错误的信息做出错误的判断忘形起来放肆起来越发成事不足败事有余起来。又会使老董他们得到一种错误的信息做出错误的判断就会纷纷地请求调动请假休养去住医院，然后群起上书对我进行弹劾，而我是最不愿意成为他们的对立面的。

我其次不想聘用的是老董。她"文化大革命"中补来了三代贫农家庭出身、本人从七岁做童工的证明。去年又突然补来了五十年代已经在夜大本科毕业、具有高等教育学历资格的证明。她要求评次高级职称，为这个又哭又闹而且当着许多人的面喝了敌敌畏。最后连小张也服气了，说："评吧评吧，捏着鼻子也承认她是副研究员吧……我只提一条建议，咱们单位需要给老董规定一条特殊的劳动纪律：上一天班扣工资一元，旷工一天奖励一角，旷工一年就算全勤一年，年终戴红花发全勤奖。"

小张说得过分了一点。但她上班只能带来麻烦，是事实。

但是不能不聘。不聘她就会闹你个人仰马翻。而且她的舅舅是一个公认的好人，一个可敬的人，一个大人物。这位可敬的人物小时候讨了农村老婆，比他大五岁，小脚，文盲。而他们相敬如宾，白头偕老。对这样的人物的外甥女是不能怠慢的。连这点面子都不给,在公众中通不过。

想聘的,未必是可以聘的。不想聘的,却是一定不能不聘的。所谓生杀予夺的全权,只能使我更加为难,更加狼狈。因为,不再有一个无形的"上级"代替我负得罪人的责。不要把事情做绝了啊!人人都这样说,包括我自己也在提醒自己。

接到老友A、K患癌症去世的电报。猝不及防。就像一架正平稳飞翔的飞机,没有任何预兆便突然爆炸坠毁了。

在挨斗的那几年,他却那么活泼:做打油诗,唱"临行喝妈一碗酒",跳"忠字舞",学了一手好木匠活。当"文化大革命"结束,他要回自己的工作岗位的时候,同车间的老木匠师傅叹息说:"我这一辈子还没收过一个这样机灵的徒弟,完全是八级工的材料呀,去当那个熊干部,多可惜了儿的!"

一架飞机飞着飞着,没有任何原因,就会突然爆炸吗?

这是一架巨大的秋千。秋千慵困解罗衣,画堂双燕归。这是一艘风浪里的帆船,帆船随着圆号声翻滚腾跌。这是一张破了孔的降落伞,我欲乘风归去,飞将军自青天落。

完全错了。他本来不该问:"你要不要喝点什么?"后来他才得知,依据这里的风俗,晚间的这种提议有一种过分亲昵的含义。

城市在旋转,灯光如线如缠。地面倾斜了,直立了。罩到了头上去了。人影绰绰,笑语滔滔。错落的喊叫声充满青春的欢乐。无烟的晕眩,无花的芬芳,无缘由的心悸,就像坐"碰碰车""碰碰船",互不相识、互相提防、互相躲闪而又终于互相碰撞。躲避的是碰撞。期待的也是碰撞。人为什么愿意和陌生者碰碰撞撞呢?

而她太寂寞了。寂寞如花坛的枯草,寂寞如雪地的灰雀,寂寞得过早地出现了一根又一根白发。白发三千丈,缘愁似个长?

而她是无助的。像一架下坠的飞机。像一艘下沉的船。像一幢洁白的房子。墙上是洁白的浮雕。连壁炉也是洁白的。为什么夏天也需要投几片木柴呢?这里有夜的海风,凄凉。需要听木片燃烧的毕剥声,需要看火焰的升腾,似乎世界上只剩下了这点声音和这点运动。

而城市是一片喧嚣一片豪华一片欢腾。莫非她和他都是乞丐?在呛人的发臭的烟气中,不可想象的超分贝的滚石乐震动耳膜、震动心室,震得胃痉挛,而且震得牙疼,震得牙齿一个又一个松动,再震一会连舌头也会脱落下来。

一片喧嚣中他疲倦得睁不开眼。如睡如痴中他被击打被揉搓被碰撞。

如果三十年前,他也许会翩翩起舞。他愿意回答这寂寞这热情这喧嚣这陌生。他会拥抱这陌生。

不。飞机是不应该在空中爆炸的。

我远非一无所为。

"停滞的论点、悲观的论点、无所作为和骄傲自满的论点，都是错误的。"伟大的毛泽东主席说。曾几何时，人们已经不能流利地背诵红宝书上的语录了。报纸上愈来愈少看到他的教导被引用。固一世之雄也，而今安在哉？愿他老人家的灵魂安息。

我增设了一个搞生产、搞有偿服务、搞第三产业的"中心"。让四分之一强的人员转而从事这项有风险有麻烦但也不无油水的事业。也就是说，事实上，我裁减了四分之一强的人员。即使人人心中有数我也必须多次郑重声明：不是裁减，不是裁减，不是裁减……直到说破了嘴，人们听厚了耳膜。否则，大家就会不堪承受。

年轻的父母给年幼的孩子吃药的时候有时候解释说："那不是药。是糖，是果汁。"而年幼的孩子会哭诉："是药。"

我们的成人比孩子更孩子。多么好的人民！

大喊大叫了许多天。最后，有两个人没有被聘用。一个是小刘，他已经打了三次请调报告。小刘正在忙着筹备婚事，埋怨在我们这里既提拔不成官又难以成名成家而且还捞不上钱。"我干脆去做生意！我有路子！我们可以去倒腾彩色电视接收机，一台赚一千！"他说。小张说，中国的未来看小刘。

一个是老张,她病休已经三年。再有半年,也就达到了退休年龄。为了使她接受不被聘用,我们先提升她为副处长,再宣布暂不聘用,却仍然保留处级干部待遇。

炎热的夏天就这样过去了。"改革月""改革季"就这样过去了。人们陆续从北戴河、青岛,从大连和哈尔滨松花江的太阳岛回来。人们称赞我的魄力,称赞我迈出了一个大的步子。部属们点点头,说:"你办事还差不离。"老赵在有些会上批评我改得太慢,在另一些会上指出我改得太急。还批评玻璃窗擦得不干净,汽车司机不应该用公款做服装并且指出汽车司机的服装必须改善,这不仅是一个服装问题。老董找我谈,既然老张可以做副处长,为什么她不可以做副局长呢?她明确指出,在她离休以前(还有一年),必须明确她的副局级待遇。

几个平行单位除一个地方按既定计划做了些人事变动外都由原来的领导人承包,都聘用了原来的工作人员,都宣布了任期与聘用期,都讲了一些提高效率效能破除"大锅饭""铁饭碗"的弊病的话。

然后一切照旧。

报纸上出现了一些调门儿不同的文章。说"铁饭碗"是长期斗争的果实,不能笼统否定。说提倡穿西服是消费过热。说"新三年、旧三年、缝缝补补又三年"的精神永垂不朽。

蝉鸣也放慢了节奏,没有那么多切分音。吱——无比悠

夏之波 133

长，若有若无，半疑半信。

我感到你的亲切，你的温暖。但是我不知道你是谁。

我不忍看你含泪的眼睛。如不忍看璀璨的华灯下的一个踽踽独行的老人。如看一个拉提琴的病人，他不停地、千次万次重复地拉着一首悲哀的曲子，欲罢不能。

拒绝她伸出的手是太残酷了，像杀人。

本来不应该建议您喝一杯金黄的橙汁。为什么在我们伟大的祖国，就喝不上这样一杯橙汁呢？有许多笑话，有儿时的回忆。就像你燃放的第一枚爆竹，你紧张得全身发抖，好像长大了，去炸碉堡。然而，你期待着，发着冷，发着热。爆竹没有响。

机会就这样永远地失去了。

也许，世界可以重新开始？昆仑山可以按照我们的意志飞到大海，北冰洋可以按照我们的意志欢迎游艇，树上将会结出红宝石而所有的绵羊都会露出凶猛的、却是无上尊严的牙齿？也许，就在他和她拥抱的一刹那，天堂的钟声将会敲响，巨大的海龟将驮着天启圣图爬到议会大厦前的广场，而所有的绳索，所有的戒律，所有的关于恒星、行星和卫星的规则都将解体，一轮红日将会把他们烧尽而她的眼眶里的泪水也将蒸发散失？

不。

只剩下了一个字,一个英雄与懦夫都喜欢的字。

还是让我们平平淡淡地度过我们的一生吧。

时间就是这样度过的。其实你不知道是已经过了五个月,还是已经过了五年。

忽然连续收到了讣告,得知一个又一个老友凋谢的消息。还有一个由于大脑软化变成了植物人,没有人认为他还有康复的希望,也没有人愿意他早日平安归去,至少是为了:待遇。死者生前无论怎样受尊敬,却不可能获得生者的待遇;死者生前无论怎样受尊敬,在我们这个越发古老和越发孩子气的国家,都会很快被淡忘。

没有遗忘的帮助,炎黄子孙怎么可能绵延至今日!

我去理发店理发,排队,等待,锻炼意志与性格。问理发员:"你们不是租赁承包了吗?"

"是的是的,都包了。唉,只是个形式。"

"形式?国营理发店包给个人是形式?"

"该怎么样,还怎么样。"

"你们不是计件工资制吗?理发不是最容易搞计件吗?而且,现在理发价格不是翻了一番还多吗?"

"计什么件?老师傅怎么办?哪个承包的人敢得罪老师

傅？您承包三年，三年以后还活不活？什么多劳多得？多劳多得罪！干得少的挣得更多！"

他的牢骚太多了。你将信将疑。

而在我"承包"的这个单位，攻击也开始了。带头攻击我的恰恰是小张。

"什么改革什么改革！改革了这么些日子了，也没给我们涨工资！也没给我们发皮大衣！瞧人家某某部，一人发了一架钢琴！"

于是我懂了，改革就是涨工资。改革就是发皮鞋发铜火锅发电冰箱发钢琴。改革就是给每个男人发两个媳妇，给每个女人发四个情夫。改革就是冬天不刮冷风、夏天吃冰棍不收钱。改革就是每个人去美利坚合众国去日本去澳大利亚加拿大意大利瑞士公费旅游，而儿孙们去那里自费留学。改革就是每个人张开大嘴，然后源源不绝地往里灌溉啤酒茅台酒人参蜂王浆果汁牛尾汤。改革就是给每人发一柄中子枪，目标：咽喉。距离：七十五厘米，预备——放！

而小张他们，在一些时日以前，像嗷嗷待哺的小鸟一样地盯着催问着我："怎么还不改革呀！"

"您要点什么喝的？"

侍应生彬彬有礼，穿着黑上衣、烟色裤子，打着标准如爵士的黑领结。

钢琴声在大厅里回荡。洒落如夏日的雨点,来自一朵黑色的、犹豫不决的云。

你也是彬彬有礼的,好像是经过了精心排练。苏打水和杜松子酒和插着牙签的柠檬,竖在他和她中间,像《北大西洋公约》与《华沙条约》,据说是保障了两个方面的安全。

"我们缺少的,只剩下悬挂在头上的氢弹。"

而她是无望的,不解的。你知道她在问:为什么?

她甚至迟疑地说:"让我们捅破那面墙。"

先捅破他的心吧,如果没有墙和炸弹。如果当真如东方歌舞团众歌星在激光束挥舞中演唱的《让世界充满爱》那样,世界真的充满了爱,这将是第几次洪水泛滥的年代?

世界充满了爱。你有救生圈吗?

我倡导的搞生产搞有偿服务的"中心"办起来了,发挥了潜力,增加了工作项目,也增加了收益。但是小张叫道:"累死我们了!累死了!"

然后接到通知:我们应该与"中心"脱钩。通知应该补缴税款一大批,并将提成上缴。通知"中心"经办人账目不清,作风不严谨,应该立案审查。通知"中心"要立即腾出办公室,或者补交房租百分之二百六十。通知"中心"的电费、运费、邮费支出都要增加百分之三百。通知"中心"重新办理登记注册领取执照手续，否则即按非法机构取缔解散。通知"中心"的汽车因违反交通规则已被交通大队扣留。通知"中心"的防火设施与食堂卫生状况不合标准，已被勒令停业整顿。

于是"中心"负责人主持了十七次宴会，请了二百余名贵客。席上被交口称赞的菜肴叫作"佛跳墙"——佛闻到了这样的肉香也会跳墙过来大嚼，罪过呀，阿弥陀佛！

于是记者来访，说是准备披露这个"中心"大搞不正之风大宴宾客的丑闻。于是"中心"五次宴请一众记者。

急流勇退，有魄力的我拍板决策："中心"停办。我的具有无比威力的论证是一句反诘：你愿意进监狱吗？

她说："你像一个王子。"又问："也许你愿意请我吃自助早餐？"

回答是："那是我的荣幸和快乐。"

礼貌使人愉快也使人疲劳。

她的嘴不好看，像一只小青蛙。他怕看她的嘴。

而她的笑是真诚与苦涩的。她吃了一个梨子、两片干酪，甚至喝了一大杯冰冷的牛奶，还有昨晚没有喝的饮料。

他什么也不想吃，只是索要矿泉水。

那天晚上他们经过一个空旷的商场。有仨一群五一伙的年轻人在那里吸着烟。他们是无事可做吗？他们在等待世界革命吗？摇滚乐和做爱都已经使他们厌烦了吗？如果让他们参加一次政治学习讨论或者干脆上一期"五七干校"呢？

而同行的一位青年同胞，堂堂的"中国心"，收藏飞机上给的饮料铁听及塑料餐具，收藏旅馆大厅陈列的所有非卖印刷品，主要是各种广告画页，收藏每一个肮脏的塑料袋……离去的时候，他把一卷大便纸也收到自己的皮箱里。

还有另一位异国朋友，离开旅馆的时候把桌上的电话机卸下来，带走了。

又有一些时日过去了，没有收到什么讣告，死神正在喘息。

从事第三产业的各位弟兄妹姐在经历了一个轮回以后各归各位。

小刘呢？小刘说是要走，其实并没有走。他在家休养了自由自在了好长好长时间。这期间他娶了媳妇生了孩子掩埋了母亲——当然是在母亲死后。他打了家具、为墙壁贴上了塑料壁纸又把住房的日光灯全部换成了艺术吊灯。这期间他还回了两次老家，翻译了一部心理学著作。这期间他的倒卖彩电的朋友一个又一个进了监狱而他最终被证明根本没有参加过电视机交易，他只是豪迈地谈论过那些诱人而又遥远的交易罢了。这期间……那个炎热的夏天他还没有结婚,现在呢,他的儿子已经长出了八颗小牙。

老张呢?病入膏肓的老张在不被聘之后身体日趋好转,医生不断地开来日益健康直至完全彻底健康的证明,就像以前不断开来日益病弱直至完全彻底病趴下的医疗证明一样。

怎么办?继续不聘他们?让他们在家继续休息而又照拿工资?

如果停发或打折扣发工资?一,没有这个规定;二,那难道不是把他们逼上绝路吗?

而且两个人、两个人的亲属、老战友与老上级都来找我说项。怎么能不让他们工作呢?

何况我自己的聘任期也已经超时了,也没有再聘我,也没有让我下去。原来给我发聘书的人可能早忘了聘任期的规定。

好吧好吧,我沉稳干练,笑容可掬,天道有常,小刘与老张各归各位。又过了一些时日,老张送来了只能半日工作的半休证明。小刘交来了请调报告,说是那些交易电视机的朋友都已释放,而且步步高升。小张因为在无轨电车上与人打架被派出所拘留,我去派出所把他领了出来,他却念念有词地责备我没有坚决与坏人坏事斗争、没有用勾拳把派出所所长打倒在地。

我们分到了五套房子。经过了几场几乎打出脑仁儿的血战之后,老赵老董老张小张小刘都分到了新房子。搬家的时候我才惊异地发现,哭穷哭得最厉害的小张家,不仅有电冰箱洗衣机彩色电视机,而且有钢琴电吉他。他的儿子才三岁,已经开始接受音乐教育了。而且,说来难信,他还饮"人头马",吸"三五""万宝路"。

老董拿来了新的证明,她不但是三代贫农出身、大专学历而且是台胞眷属。上级催促我——提拔她。

我终于看到了自己的力量——我说:不!顶在了那里。

夏天过去了。再见。一路平安。也许再相逢的时候,我们将不再相识。

浪花体现的是海洋的力量么?不论怎样的巨浪,都将平息。

不论如何平静的海面,都将掀起惊天巨浪。

你珍视平安而又渴求巨浪的心!一只海鸥从大洋上飞过。它期待着海的是什么呢?它拒绝于海的,又是什么?

夏天还要到来。夏天才刚刚开始。夏天将不会被忘记。序幕以前的骚动平息了。好戏还能不上演吗?当你凝视海浪起伏的时候,你为这个不能错过了的夏天发了一会儿呆。

夏天的奇遇

繁　星

有过一次讨论或者测试,问:"对夏天的星空,你的第一印象是……"

刘说:"深不见底。"

陈说:"远,期望,迷人,向往。"

李说:"地球、人、我和诗……都太渺小了。"

周说:"星星就在你的头顶上,即使你没有读过康德。"

赵说:"晴天,有它们,不转向。"

你说:"星星真多啊,忧愁而甜蜜。"

我说:"星星、生命、故事,哪个比哪个更多呢?"

他说:"经过牛顿的力学、光学、天文学、哲学、文学、诗学……各自独立的星星们,构成了一个整体的星空。"

神 翁

那年夏天,海滨,在省里的一个论坛上,我有幸与九十七岁高龄的翁耄苍结识。他的神仙风度迷住了我:他的姓名汉字组合,使我得到了额头被抚摸的亲切感,说起话来,他的抑扬顿挫如歌如吟,他的银色须髯,他竟然还保持着一些灰黑色的相当浓密的头发,都给我以成熟与丰厚的熏陶;而最喜人的是:他的长眉,他的有点细小但仍然放光的眼睛,挺起胸膛,挺直腰板,像士兵一样走路的姿势都给人以鼓励与自信。从此不敢轻言老,因为有神翁在前头。而他的年龄与活力,提醒比他年轻许多的你,只能更加振奋和努力,再不要说什么"少壮不努力,老大徒伤悲"的话;只能承认,"远远未老大,神伤又怨谁"。他迈着大步,只有轻微摇晃的腿,透露了相期于茶的风趣。

我早就知道他的名字了,那叫一个如雷贯耳。他不只一次担任过我们这个华侨大省归侨团体的一号,且一再任人大代表或者政协委员。有人说他在他的出生国,在他的少年时代,或许参加过马来西亚陈平的革命游击队。他的父辈是最早的化学企业家,游击队的生涯结束以后,他承继了父业,还兼通天文学、文学与绘画。闹心的是,他出过小说集与旧体诗集,还在本省美术家协会展厅举办过画展。所以有一些在网络上崭露头角的咖咖VV们批评他:不应该涉猎那么广泛,更不该兼营商务,还不必从政当这委员那代表,尤其不该侨而后归,归后还常常回到原居住国。仅仅就他的国籍问题,就在网络上传播了几十条互相矛盾的虚假信息……显然,他的阅历与使命,大大超出了凡夫俗子。

细节我搞不清楚,只知道他关涉的领域宽广,与众不同,极不常规。现在毕竟不是意大利文艺复兴时代。唉!人们难以接受通才。我的一些好朋友,一生只想做一件事儿,终究没有干好,我们又该如何判断一个已经做好了许多方面事情的人物的得失呢?那些到老了耄了还找不到他们一辈子做好了些什么事情的感觉的常人,一味炒作自己而不可得的网星们,又如何去理解一个一生相当于过了你们几辈子的翁老大哥呢?一个专心包饺子,却并没有包出一个出色的饺子来的老老实实的好人,又怎么去评议一个包子饺子面条烙饼五谷杂粮红案白案中

夏天的奇遇

餐西餐泰餐墨西哥餐全活，偏偏又是个业余厨师的特例呢？

还有一位朋友批评翁先生的散文中谈到三岁时期的记忆，认为那是不可能的，因为批评家自己六岁以后才有记忆。那么，当某一年度高考满分是700分时，如果考生的平均成绩是367分，而这位批评者本人只能考出个250，是不是他会认为获得699分就绝对是造了假呢？

莫扎特四岁时期作的曲《小星星》，至今还被器乐家演奏。莫扎特六岁时，一年有五首音乐作品完成，八岁时是十五首了。这也是造假？当然，大器可以晚成或免成，拙笨的另一面可能是朴厚，但是你的当真的纯朴，总不应该成为理直气壮地否定比你显著强大的人的理据吧？

诗曰：

  鱼目或能充蚌珠，岂因光大妒才殊？
  耄苍或有春秋笔，描罢星图作海图。
  坐井观天此意坚，微雕核舸似移山。
  鹏程万里掀涛过，击水中流八万年。
  武武文文爱后生，道通为一自聪明。
  读书万卷何足论，且思乾坤日月星。

（注：光大，是指嫉妒他人的光辉，也指急于放光的自己。）

还有，学问和艺术、事功与资源，是怎样分科划界的？主业和兼通、登天与掘地、炼钢与网鱼、陀思妥耶夫斯基的轮盘赌与被陪绑处决，李白的金鞭走马、流放夜郎、突获赦免，契诃夫、鲁迅与郭沫若的医术，还有各种获奖与硬是屁奖未获，各种远近与古今内外行当超行当泛行当，它们之间哪个耽误了哪个，以及又是哪个成全了迎合了哪个呢?

丁香已老香犹胜

"我生于一九二一年,也就是中国共产党成立的那一年。小朋友,你呢?"

在中国,两个老家伙见了面喜欢互问"贵庚",但在欧美,忌讳问年龄。他倒别致,自己先报马齿。他叫我"小朋友",更是令我雀跃,干脆是如沐春风,受宠若惊。他的存在与光照使我年轻了十余岁。我相信,除了他再没有谁叫我小朋友了。

我说:"我出生于'九一八'事变的后三年,卢沟桥事变的前三年。"

我们静了一下,对视一笑,我相信,我们相互的无声言语是:"行,咱们哥俩的这辈子还真够全乎儿的喽!"

俺们的人生嘛也不缺。

有这样的人，越老越精神，越老越爱学习，爱思考、爱调整变化也爱反思，爱交友也爱倾吐。我作为小朋友，就更想听他说话了。翁耄苍对我说：

"……我喜欢海边那个夏天的小院子，我常年都是在夏天小暑节气上到达，处暑节气后离开那里。那个小院里有古老的柏树、松树、由于潮湿始终没有长大的桃树，有大盆里养着的莲花与遍地的墨西哥原产晚香玉。晚香玉，也就是抗日战争期间，沦陷区里被李香兰唱疯了的'夜来香'。而对于我来说，小院子的主体是廊下六棵饱经沧桑的老丁香。我在那所小院子小房子里外说话、阅报、会客、散步、练太极拳和广播操，接很多电话和此后的微信音频视频。住房廊下头一排是四株高龄丁香，后排两株是显得更加老大庄严的白丁香。南唐中主李璟词上说：'青鸟不传云外信，丁香空结雨中愁。'如果是《红楼梦》里贾宝玉他爸爸贾政评论，当然会说李中主的词颓丧。何况现今有鸟没鸟微信短信都可以实时传来。李璟作诗词的时候却不可能说什么'无线飞传云外信，丁香掀起雨中欢'啊。

"其实我是六十五岁以后才知道先人为什么将丁香视为烦愁的标志。丁香树似乎没有主干，它歪七扭八、缠绕勾连，从幼树时期就倾倒辗转、横生斜躺，六株树里有四株，主干的起始是平铺在地面上生长的，同时难以分清哪根枝条是哪棵树的。它既是乔木又如灌木，你永远理不分明，是离愁，别是一般滋味在心头。它浓烈而又淡雅,它的花朵凝聚细小,团团片片,一簇一簇,难解难分,团团愁雾,芳香沁人。年轻时候,它的开放令少年的我如痴如醉,'春天的花,是多么地香,秋天的月,是多么地亮,少年的我,是多么地快乐,美丽的她,不知怎么样?'这是新中国成立前夕极其流行的少年情歌,作词作曲是香港的李七牛。一九九〇年北京亚运会开幕式上,运动员入场,香港队奏响的正是这个歌曲,用长号、法国号、巴松、长笛与定音鼓、大鼓、小军鼓、钹、架子鼓、三角铁……演奏出来,像浩浩汤汤的军乐。

"丁香盛开,它告诉少年的你,当真是春天已经到来,春天即将转眼离去。春天委实刻骨铭心,春天确然兴奋得如此惆怅,惆怅得如此珍惜,春归再无踪迹……次一年,丁香与燕子的重归一定令你热泪如注,如重生的惊喜。

"在年轻时分,我羞于出口'说不得'的'夜来香'的正名'晚香玉',那时我已经感受到'晚香玉'仨字儿的纯洁、芳馨、白皙、温柔与女生柔软的弹性。那时候只消'玉体'二字就会让我脸红心跳,'小怜玉体横陈夜,已报周师入晋阳',李义山的这两句,至少在古代的中国涉嫌微黄。天才的李商隐甚至被林黛玉贬低,甚至被分析成是由于黛玉敢爱,义山懦弱。我为这样的解析自惭形秽,无地自容。在我也走向耄耋的时候,我惊叹于用五笔输入法敲'夜来香'组词键的结果是——'说不得'三字。"

"请教一句，老哥您为什么与我相识不久，首先要与我大谈丁香花呢？"我插言说。

"我……我相信那几棵丁香与我一样老了，它们至少有二百岁了。它们有它们的老年生理学、病理学、哲学与美学。"

翁老又说："在丁香一族中，尤其是与现在比较容易培植的灌木丁香丛相比较，我熟悉的六株老树，似乎是太老了。呜呼，喔嚱，壮哉，老大的丁香。它们魁梧壮健，饱经沧桑，老当益壮。只是看看枝叶与虬蟠的枝干，已经使你深沉肃穆强悍，看到两排丁香编队，就会想起了不起的光阴与事业，也有惭愧或者斩鬼，老子早说了，'物壮则老，是为不道'。

"历年只有夏天我才有空闲去到小院。我甚至不敢去追溯它们的盛开，我知道盛开的季节已经离我而去。小就是小，老就是老，小准备了老，老延续着小，向死而生，缘生而逝，逝而思之，逝而念念，教我如何不想它？宇宙、天空、世界，就是这样的整体，万法无常，万象有定，谁也坚挺不了自我，谁也否定不了谁，谁也离不开谁。十年前丁香盛开，我四月底专门去造访过一回，一回已经蛮好。我信的是，真正经历了好事儿，有一次你就感恩吧，够了，不要想着第二次。快乐、盛开、怒放、获赏，往往不无侥幸，连续侥幸的期盼或许会成为罪孽了。十年前,我与六株老大丁香花开如云霞的相处,有了几个小时。后来,在微信中看到过它们,想念过它们,总觉得还有许多机会亲近它们的芳泽,嗅它们,看它们,摸它们,爱它们,想它们。不会忘记它们的,像怀素和尚笔走龙蛇一样的树枝树干,像云霞像浪花一样的团团花朵。

"然而五年前发现了它们的老态,照看绿化的工匠为它们安置了几根支柱,支持枝干重量。它们横向生长,它们本身的成长,增加了自身越来越扛不住的负担。一只哑铃,你从 5 kg 练到了 12 kg、15 kg、25 kg、30 kg,一直到了 45 kg 了,就再加码,您会累断手腕乃至小臂,至少拉伤肌肉。人工支柱的安装,终于失效,从东往西排位第二的最大紫丁香的横干在风雨中老脆断裂,它断裂的声音使路过的警车刹车急停,检视四周,警惕敌情与刑事犯罪。它的伟大强势终于伤害了自己。它的断裂折断了它从那里生长发育出来的母树干,然后,另三株同样的大紫丁香与两株更大的白丁香,也开绽暴露,像商议好了一样,基本同步,呈现了衰败开始后的惨烈的裸露与撕裂。

"……开始时没看太清楚,此后的夏天,我终于发现,断裂最严重、不得不清除了一番的,地面残干的二号树残根上,长出了新枝,翠绿而且鲜活,幼小而且灵动,招人欢喜疼爱。它们在母体衰老的同时不无淘气地生长出来了,捉迷藏般地隐藏在四季开花的夜来香中、'说不得'中,宣示新生,宣示快乐与希望。新生是坚决的,坚决不下于残酷的死亡。"

我随即口吟一首:"闲话丁香未可哀,馨香愁煞是庸才。欣欣漠漠长年事,再喜新枝绿叶来。"

翁老高兴。

翁老讲得好,但是丁香与海与夏天又有什么特殊的关系呢?丁香属于春天,而说海本应该首先说说游轮或航空母舰,哪怕是虾米与海龟……

呵,明白了,始终惦记着夏天与海的其实是我,不是翁老。他是出生在海岛上的,无须闻海而百感交集,梦海而浪漫甜酸。

那美丽的大眼睛

翁耄苍又说:"大学时代一位堪称'校花'的女同学与我开玩笑,她说她对我的印象非常好。可惜的是她感觉我的眼睛太细小了,不然,她也许会追求我。"

"老哥,你太幸运了,校花能够这样与你说话,你至少应该拥抱她。"我立刻插嘴说。我完全想不到他会与我说这个。我又想,快满百岁的男生女生同学们啊,多想想你们的爱情经历吧,此时不想何时思?百年正是成欢时!

"你倒像情场的老手。"他嘲笑我,"你知道,我的出生地在东南亚,那里的人们普遍是大眼睛、双眼皮,我不能不埋怨我祖上的中华西北血统,黄土高原的风沙缩小了人们的眼睛轮廓,减少了我们眼睛的光泽与情意生动。我受到了很大的刺激,我曾经想去做美容手术,让眼睛打开得大一些。我也想到了丁香，没有人批评丁香的弱小，积小成大，积弱成强，也没有谁只是由于大而迷恋牡丹，更不要说我的出生地的大王花：巨大，肉质，寄生在树上，腐臭难忍。

"后来我在事业上有了点成绩，我的家庭非常幸福，我的婚姻使许多朋友艳羡，我不再为眼睛的大小而自卑了。"

我插嘴说："当前的中国，如果生了个女儿，眼睛实在太小，如果女婴的相貌不符合我们的文化传习，当爹的就会说：'闺女长大，只能等着她嫁老外喽。'"

翁老师接着说："我养育了一盆富丽堂皇的龟背竹，有一个人高，保持湿润，喷雾施肥，更换花盆，摆在那里，受到所有客人的羡慕与夸赞。它高贵大气，我引以为傲。都说，这盆大龟背竹，是我家庭美满充实丰厚张扬的标志。

"而且我的房舍外墙上，爬满了浓绿的地锦枝叶，它们的枝条上长着吸盘，吸着爬着上了墙头，再往下伸展，墨绿的叶子也遮蔽了墙的内面。地锦、五叶地锦，还有枫藤，都是我喜爱的爬山虎的品种，这也带来了不同的文化，欣赏、喝瑟、习惯、慰安。

"在我五十岁的时候，招聘来了一位大眼睛的中英文秘书。她的眼睛令我转瞬呆住。我一惊，这样的眼睛使我进入了一个不同的世界，比马来亚人的眼睛大，比拉丁美洲人的眼睛大，也比伊拉克人的眼睛大，水灵灵的大眼睛，会说话也会跳舞。她的眼皮一动,我确实心动神摇,这样的大眼睛令林黛玉所讲的粗野恶劣的臭男人们魂飞魄散。九十五岁以后,我才敢于再回忆这一段;九十七岁了,而且是碰到你,我才说到这一段。陷入了她的大眼睛,就像是落进了一泓高山大湖的深水里,明亮清爽,无边无际,压得你不能呼吸。

"不,我不准备说我的浪漫丑闻或者失态激情,这一类故事有你们作家忽悠疯扯一下也就行了。我承认的是,我感谢人类的眼睛的存在。不只人类的眼睛,有些游牧民族高度欣赏骆驼羔与羊羔的眼睛。新疆,有一首民歌叫作《你羊羔一样的黑眼睛》,如火焰,如哭泣,如洪水,如流星雨。我可以忏悔,可以自责,可以向妻室儿女道歉,接受严惩,但是我仍然赞美所有女性生命的美丽多情含笑的眼睛,像赞美天上银河内外远近所有的星星。星星,不就是世界的眼睛吗?承德,有千手千眼佛的雕塑。眼睛,有的大些,有的小些,有的蓝些,有的银白,也有的橘黄,也许是橘红。巧笑倩兮,美目盼兮,可能是她的眼睛太大了,你与她说话的时候她直视着你,显得有点多忧也许是关注,也许是一股火热的痴情侵入了你的肝脾。"

"在您的生命历程当中,为眼睛而且为美丽的眼睛而迷恋,有多少次呢?老哥!人需要知音,也需要知眸、知盼。您知得很多很多吗?那也太煎熬了。"我说。

"没有的。我的人生已近百年,陶醉美目,不超过四次,概率是每二十四点二五年一次。下次迷醉应该是我一百二十岁以后了。我很乐于再最后迷醉一次，小朋友陪陪我吧，把我的故事写下来。"他笑了，好像早就拥有了数据。

"还是谈往事吧……当然这生发了不幸，我的家庭陷入危机，我不必说那些口舌、哭泣、失望、摔掼、悔恨、忏悔与仍然有的惨淡诡辩了。我要说的是她的心碎了，我的心裂了。龟背竹立马开始困惑、哀伤、枯萎、半死不活，而且，地锦爬山虎也全部唰地蔫了下来，有些枝叶脱落到了地上。你见过悲伤为难的人工栽培的观花或者观叶植物的痛苦表象吗？

"……终于挽回了。后来，同样惊人的是：龟背竹恢复了生机，地锦重新缓慢地上墙爬墙。请记住，对于一切的缺憾、一切的失望、一切的痛惜，有百分之一的期望你都要找补回来。我还希望二十一世纪的媒体避免用那些太古老的夸张话语，背叛啦，绿帽子啦，奸情啦。说到出轨也就罢了。大眼睛的女友后来到国外去了，听说她现在仍然是单身。说是欧美男生如果与中国女同胞成双，他们一定会选择小小的细眼睛。"

我说："也许只是，你们俩陷入危机，顾不上好好照料你们的龟背竹与地锦爬山虎吧？"

"不是的，当然不是。家里有服务女佣，她一直照拂着花盆里与园子里的花卉树木，始终如一。我只是说，花卉与树木也要求和谐欢乐，而受不了危殆与怨怼。

"即使仅仅是为了你喜爱栽培的那些植物，你也应该文明与道德、快乐与光明、担当与诚实、节制与律己。光合作用不仅出现在阳光与叶片的互动当中，更会发生在人间。"

"我不敢完全肯定您的说法，龟背竹也好，爬山虎也好，它们同情我们的命运，它们有孟子所说的'不忍人之心'？"

"我和我太太就是不忍的人啊，我们救援过受伤的野天鹅，也收养过被遗弃的猫与狗。一盆龟背竹，你养了它二十年，它能不受你的影响吗？该你说说了，我喜欢你的小说，我的小兄弟。"

怀　往

"真好。"我不知道该怎样去赞美他的龟背竹与地锦或者枫藤。我说："我最最不能忘记的是一九五〇年的"五一"，中华人民共和国成立一开始，咱们是五一劳动节与十一国庆节都阅兵与游行，苏联模式。那一年游行的时候，学生们打的领导人照片特别多，中国的是毛刘周朱陈林邓，外国的有斯大林、保加利亚季米特洛夫、罗马尼亚乔治·乌德治、波兰贝鲁特、匈牙利拉科西、捷克斯洛伐克诺沃提尼、朝鲜金日成、阿尔巴尼亚恩维尔·霍查、法共领导人多列士、意共领导人陶里亚蒂、西班牙共产党领导人被称作热情之花的伊巴露丽。那是多么红火难忘。到现在我还想找个人背诵背诵这个名单啊。"

"我理解，你毕竟是地下党……"

"那您是游击队啊。"我喊了起来。

点点头,他小声说:"记得,但没有你说的这样完全,知道。"他的眼圈一红,后来说,二十世纪末他访问过马德里,五一节游行队伍唱着的是《国际歌》。

我接着说起了我最喜欢的话题:"对于上一代人来说,游泳不仅是体育健身,那是文化,那是生活,那是现代与前现代的分野,那还是身躯的自然与自然的本体,那是人在自然、自然在人,生命在水,不分海洋湖泊,也在山,昆仑、崆峒、喜马拉雅、阿尔卑斯……"

我与翁老师闲话:

"那是五四运动。请想想看,传统上我们提倡骑射,提倡八段锦、少林拳、太极拳、剑、棍,还有软硬气功、打坐、骑马蹲裆式,并且至少从南北朝时代就练开了瑜伽。

"但是除了强盗,除了水鬼,除了渔民迫不得已,又有哪个仁人、哪个君子、哪个国士、哪个乡贤与淑女会去游泳,更会去喜爱与迷恋游泳呢?你看《水浒传》中的阮小二、阮小五、阮小七,还有'浪里白条'张顺、'混江龙'李俊,他们都是当年的强人匪类啊。

"我的父亲追求西方新文化、新民主主义凡七十余年,他活了七十四岁,一事无成,除了游泳。在专业与家庭、社会各方面到处受挫的时刻,他夏季发起狠来,一天要游两次泳,冬季要进两次澡堂子。游泳、洗澡,洗澡、游泳,是"五四"的高潮余波中成长起来的那一代人中比较没有出息的一个。对不起，我说的是先父，毕竟……只能，留下了这样的记录。他渴望新的更健康更现代的生活而不得，因不得而更加渴望。这个渴望渐渐影响了我。我们这一代幸福多啦！"

"我读过你的小说《活动变人形》，扎心刺肺，我读得睡不着觉。我读哭了。"翁老毕竟比我大十多岁，他更能体贴上一辈人的痛苦。

我继续说："从一九五二年我开始在什刹海游泳场学游泳。会游了，我学跳水。跳水学得我天旋地转、心惊肉跳、脉搏加速、头昏脑胀，越怕越要学，越学越要挑战更大更危险的怕。从池边跳到踏板跳，从一米板到三米板到四米板到五米板；越怕越上台阶，越上台阶越怕，越怕激活了让自己勇敢些再勇敢些的决心与行动。我是一个瘦弱的孩子，一个胆怯的孩子，但是我要游深水大海，游长距离，跳高木板，跳高台与高山。我的父亲反过来受我的影响，他也开始跳三米板。一次，已经快六十岁的他上去了，站在踏板上不动，后面跟随排队的男孩子们叽叽喳喳，说：'老爷子运气哪……'他没有跳，平平地砸下来了，出水上岸以后，他的胸腹部全面拍红。幸亏他没有上十米跳台。

"即使在新疆，我也不放弃任何游泳的机会。我曾在没有游泳池也没有水库的乡下大窑坑的黄乎乎泥水里，与赤裸光腚的儿童们一起凫水。我曾从离大水库五米高的悬崖上转身向下跳,那里的水库里的水,源自博格达雪峰,盛夏水温不到二十摄氏度。从峰顶上一跃而起,我特别睁大了眼睛,我决心弄清楚从起跳到入水的全部历程进度风景细节。我看到了,四面山水与岩石湖岸迅速上升掠起,一层接着一层,在伸直的双臂靠近水面的时候,我意识到了成功与安全,我感谢天山峰顶的白雪与地上清碧的库水。我至今念念不忘的是,希望有一位朋友帮我计算清楚,从起跳到入水一共用了多长时间,起跳时应该是负加速度,我跳起了六十厘米,转体,归零,下落,入水,我估计超过了一秒。我确确实实地感觉到了从始到终的一个完整的进度,那是一个落体过程,也是一个心路历程。它哪怕只占据我有生寿命的亿分之零点零零零一,哪怕我的跳水姿势只能得零分或者负分,我仍然要报告您老大哥,那是我此生的绝妙瞬间,那是我来到这个世界,走一趟、哭一趟、爱一趟、拼一趟的枢要而且神奇的一个节点。不,不仅仅是节点,它是'阶段',它肯定漫长过佛家所讲说的一个、十个、百个刹那。

"我也曾在意大利西西里岛巴勒莫市郊、第勒尼安海峡畅游,从而认识了与我同科获意大利蒙德罗文学奖的英国作家多丽丝·莱辛,她后来获得了诺贝尔文学奖。她与玛格丽特·德拉布尔——《金色的耶路撒冷》作者,一起访华时,她们来过我朝内北小街四十六号的家。令我害怕的是，在第勒尼安海游出一百米后，你看到了海底的黑褐色海藻，对于我，那是魔鬼的颜色。呵，您不要以为意大利人多么爱游泳会游泳，他们有更多的岸边阳伞，更多的人裸露着晒太阳，在阳伞下喝卡布奇诺与爱尔兰咖啡，许多人在浅水处嬉闹，却没有什么人像我一样一味地傻游，直走纵深。我也曾在墨西哥城郊区金字塔附近的公园游泳池的四米跳台上跳水。我最后一次跳水大约在十年前，在香港的一所大学。我犯了一个错误——没有充分起跳，死站着，脑袋与上身下屈转体一百八十度，往下一坠，胳臂一伸，近乎于投江轻生的姿势，像一个沉甸甸的麻袋，咕……咚噔，坠入水中。从来没有在跳水时这样沉重呆板地向下狠砸过啊！老天，我终于明白了，我不应该怜悯自己的年龄，不该娇惯自己的不足一米七长的身体。跳水不是坠落不是自杀，当然，起跳，绝对不能省略！充分起跳，才可能幸福地体会到转体时一刹那的零加速度，体会到在空中身体运动而位置静止的那一种绝妙的体外"四大皆空"。人之大患在有吾身，抛出这个大患吧，于是，身轻如燕，体灵如羽蛇，意态飘飘，生机满满，那是生命体验的一个高端，如诗如舞，如鱼如鸟。那时我是真正的从必然王国，进入了自由王国。

"最近我在网上看到了一则报道，一名安徽农妇，稍稍喝了一点酒，她下江水游泳，睡着了。当然，这说明她精通仰泳,无须换气,她的生活早已超出了小康,进入了大道。醒来后才知道,她已经漂出了上百里地,她上岸于江西的景德镇。

"这又是一种境界了,与海盗水鬼不同,与"五四"新文化不同,与奥林匹克不同,也与我个人的习惯性顽强锻炼拼命奋进不同。这是道法自然,是御水而行,是酣然江湖,是浑然尽忘。这远远超出了庄子描绘的'坐忘'境界的'凫忘''飞望'与'落忘',是忘江忘夜忘星忘天忘水忘己忘身的百忘之意趣,也是高忘之欣欣。"

我说了我的诗,诗曰:

适意清流造化中,遨游静卧自天成。
千波万浪滔滔过,得水如鱼月正明。
江南农妇最风流,醉卧川江乐自由。
一夜高风拥碧浪,安徽直下瓷都州。
戏水穿空似梦中,江风雨雾更从容。
笑问客从天外至?手梳湿发意朦胧。

珍　惜

翁老给我鼓了几下掌,问我:"你每天都游泳吗?"

我说:"是的。"

"游多少米?"

"在室内泳池,三四百米。夏天下海,八百米以上。"

"不行。我前年还是每天一千五百米。满九十六岁以后,改为日游一千。"

明白了,越是我这样的二把刀游泳者,越热心于与每个朋友交流游泳的经验,而翁老的游泳与他的吃喝拉撒睡一样平常,他无意多说水里的事儿。

反骄破满,在翁老面前,我服了。

后来他问我最近的情况,我请他先给我讲完龟背竹的故事。他说:"我和太太挽救了我们的幸福。自从我们和好如初以后，龟背竹越长越好，爬山虎越爬越旺。和我的家庭生活一样圆满和谐。"

翁老哥告诉我，他也诌了几句诗：

> 糊涂情势实堪哀，害己伤卿枉自衰。
> 且散阴云苦雨后，枫藤龟背再春来。
> 如花如叶是天生，和睦团圆赞性灵。
> 美目当知风月好，此生此世喜相逢。
> 昔日难无昏滥时，黑眸丹凤曾相欺。
> 相逢已是长相忆，更惜三生相证石。

惊　疑

"但是你有一点点不快？"翁老对我说。他的敏感使我惊怵。巨大的幸福与进展中也有一些意想不到的小故事、小场面，谁想得到呢？

然后我说："你知道我不贪吃、不贪钱、不贪位，不贪一切。什么是我追求的生活高峰呢？夏天，海滨，负氧离子，树和花、草坪、海水浴场，丘陵地形，凌晨走步，上午写小说，下午游泳。每游一次海泳就获得一次洗礼，每往返一次防鲨网就完成了一次全新保鲜重启作业，每看到过一次海上的日出就像听一次世界的宣告大彻大悟的钟声，并回应一次我自身对于世界的应对。夏天到大海去游泳，已经是我的必修功课，我已经坚持了六十多年。

"七年前有一次看完日出，我进入海滨一家总部设于天津的老字号西餐馆，正逢餐馆经理向大量的季节服务生训话。经理怒不可遏，说：'昨天晚上竟然有人下海去游泳？这儿的水有多深你们知道吗？潮起潮落的规律你们知道吗？海溜子是什么玩意儿你们知道吗？什么叫抽筋，什么叫呛死，什么叫鲨鱼，什么叫海蜇贴胸、纤维毒肺，你们知道吗？近五年这里淹死过多少人，你们知道吗？你们不在我这儿，我不为你们操心，既然到了我的店里，我得负多么大的责任，你们知道吗？'

"然后他宣布，到他这里打工的，游泳一次扣半个月工薪；两次一律开除，薪金全部扣掉，转入专项救护基金。不愿意接受上述约束的，可以立即辞职。

"我，一个年老顾客的在场，似乎更加激发了他的行使权力的快感。他的鼻子、眼睛，特别是嘴巴的线条与运动，流露着一种满足舒畅，一种准做爱式的淋漓有致。禁止和阻挡他人的一次快乐健康生机勃勃，扼杀一个打工仔打工妹的开心，能够让一个经理那样过瘾和强大吗？

"过了两年，又是夏天，同一个著名的梦幻海滨，我去一家组织性纪律性极强的群体主办的医院，发现他们在消耗大量人力物力挖建游泳池。我问，为什么在有这样好的海水浴场的地方还要修游泳池。他们的领导耐心告诉我，他们的职工，都是独生子女,绝对不允许他们下海游泳。

"果然,在另一处只接待高级人士的海滨疗养院大门口,我看到了黑板上明文书写的告示:'严禁随意下海游泳。'还好,如果不是随意任意,而是经过报批程序,也许会让休养员们小试锋芒,吹风拨浪。当然不是乘风破浪,呵呵。

"更惊人的是今年,我被邀与本地最优秀、升学率最高的中学毕业生座谈,我问他们这个夏天游了多少次泳,同学们显出极其冷漠的表情,使我怀疑本地人对普通话的接受程度。最后才承蒙教育局的巡视人员告诉我,这个学校是严禁毕业班也可能包括非毕业班同学下海游泳的……我几乎当场落下泪来。'毛主席啊!'我差点叫出声。

"我还看到了一个高、上,然而不大的干部培训单位的专用海水浴场,五年前那里有一位酒后下水的藏族学员不幸遇难,从此,所有的负责人与全体员工,都将防止游泳事故发生看作自己的首要责任。缩小游水规模是选项之首,他们用两根粗大的尼龙绳索在浴场海面架上十字,将本来就很小的海域分成四个水域,只允许学员老干部休养员利用其中最浅近的四分之一个浴场游泳。坐在救生船里的救生员,不停地用大喇叭喊话:'快回来,快回来,不要到非游泳区去。'他立志摧毁游泳者的壮朗欢欣,认定让你扫兴才有利于不出事故。另外四分之三的浴场只供眺望,但愿那里能聚集更多的海鸥海狗。最近他们又正式宣布,八十岁以上老人下海游泳是那里的不安全不稳定因素,不再让他们下海,今后本单位也不再组织八十岁以上老人前来读书学习或者休假。"

呼 唤

翁老师睁大了眼睛,喷出了怒火,有什么办法呢?他毕竟比我更高龄也更高,这些生活琐碎他也许不知道、不理解也难以相信。

"这是怎么啦?这怎么可能呢?我们正在自强不息啊,不是自弱不断吧,当然!"他的样子像是听到了不是狗咬人而是人咬狗的新闻。高龄的他,是多么天真啊。

"这是年龄歧视。"说到这里他咳嗽起来了,年龄歧视一词唤醒了他的年龄意识与气管痉挛。他稍稍颤抖着说:"年龄歧视与性别歧视、种族歧视、信仰歧视、残疾人歧视与职业歧视一样,是不可以的。"

然后他强调说:"你说得对,毛泽东那一代人,对于游泳的提倡中,蕴含着救国救民、强国强民的历史责任感。毛泽东说过，他希望中国人口的一半，都会游泳。他号召到江河湖海里去锻炼，还说大风大浪并不可怕，人类的历史就是在大风大浪当中发展起来的。

"现在呢，有些没有出息的人，想到的只是不要出事儿。第一是不出事儿，第二是事儿不出，第三是嘛事儿没有，第四则是好好休息。上头越是强调问责，他越是无孔不入地追求免责。现在，不少的朋友亲人见着我都说，短信与微信上也说：'好好休息吧。'他们不赞成我上网与看微信，为了休息我的眼睛；不赞成我讲话说话提什么意见，为了休息我的元气；不赞成我唱歌、穿运动衣，为了休息我的风度、尊严与清白；不赞成我吃肉，为了休息肠胃；不赞成走路，为了休息膝盖半月板。"

我笑了："网上的说法：who 作 who die，不作等着殆。这是中英文合璧的中学生语言。请问什么是纯粹的与绝对的休息呢？等待等殆等呆等犍，归根结底是等死两个字。该死就死，这是天道天命天意，这正是人生的一切意义所倚所生。如果人的寿命是无穷的，那么每一天一周一月一年对于他的无穷生命来说，其意义约等于 0。而有了死亡这个 0 以后，我们的每天每时每刻都通向正无穷。"

"我希望普及一个观点：凡是没有死的基本健康的人都是活人，他或她应该有活人的义务和担当，有活人的使命与追求,有活人的自律与自觉,也有活人的权利与待遇——包括吃肉、说话、爱情与凫水。"翁老认真地说。

"乌拉!薇哇!布拉沃!布拉娃!"我用万国语言高呼"万岁"!

古　苍

翁神说："当然。也有不同的角度。现在的心灵鸡汤师傅都在那儿说：'老了就是老了。不必计较，不要放不下，学会忘却，学会舍得，不必期待，不必要求，想开，想得开，虚室生白，吉祥止止。'一位日本政要说，日本的老年头面人物，被称为'古苍'。说是有这么一批古苍，退休后常常到高档医院去，医院成了古苍们的社交聚会场所。有一天，高等医院的古苍们发现，他们中的一位吉田君两次没有来。又过了几周，吉田君还是不见来，古苍们叹息：'看来吉田君真的是病了，他来不了医院啦。'"

"德国的老年人又不一样了，他们是不兴谈年龄的。"我说，"他们是冷幽默，说是一个德国老男人在餐馆用晚饭后发现自己新买的汽车丢了。另一位比他年龄更大的老朋友告诉他:'赶快买火车票,乘快车到某邻国的首都,你的车多半在那里。'您明白他的意思了吗?"

"知道。一些个老家伙认为那个邻国的偷车蟊贼很多,这是二战以前的说法。老人的老眼光老言语,本身就有点悲哀也有点笑话了吧。我们也不会例外的啦,留下悲壮的奋斗史,也留下含着泪花的一点点、一点点笑料。让我们的重孙曾孙玄孙来孙晜孙昆孙……去奇怪:他们的先祖是何等幼稚啊……"

我说:"'别梦依稀咒逝川',毛泽东也感触到了时间的无情与悽怆,而凄怆能够升华成为什么。您说呢?凄怆终于变成了幽默感。'老而不死',这幽默不幽默?'是为贼'就更幽默了,冰心老人晚年喜欢用的闲章,宣布了'是为贼'的旗号。我也想起了二〇〇七年我访问俄罗斯喀山市的时候,一位女汉学家说是给我唱一首老歌,什么老歌呢,二十世纪七十年代的,三十多年前的,当然是老歌了。然而对于我还是太新了,我会唱的苏联歌曲到《莫斯科郊外的傍晚》为止,这首歌创作于一九五六年,在中国红起来已经是二十世纪六十年代了。我在喀山给女汉学家唱了几支苏维埃社会主义共和国联盟的老歌,女汉学家说:'如果没有中国人,也许我们早就忘记这些古董了。'我们快成为古董了吗?"

"小朋友,我要告诉你,我还有兴趣于'死'的语词学,长逝、安息、坐化、涅槃、驾鹤西去、长眠、老了、走了、没

夏天的奇遇 177

了、过去了、一了百了了、纵浪大化中不喜亦不惧、蹬了、踹了、听蛐蛐叫去了、吹灯拔蜡了⋯⋯"

"老哥，更惊人的是北京土话'嗝儿屁着凉'，您听说过吗？"

"知道，'嗝儿屁着凉大海棠'！"

"翁老真神人也。满族北京话专家，编过《北京话词典》的金受申先生解释，那是指人死时的某些生理状态，例如打嗝儿。然而惊人的是，近年学者们指出，嗝儿屁来自德语'krepie'，发音是'嗝儿屁人'。而另一个词儿您也许听说过，老北京管一个人业务生疏、技艺初学、摸不着门的新手叫作'力巴''力巴头'，出自英语'labour'，就是劳动。瞜瞜来自'look look'，这就不用提啦。这些词儿的出现都与庚子年的八国联军占领北京有关系。唉！"我说。

我虽然比他小十几岁，我们童年时候都听上辈人说起过庚子年间的事儿。我亲历过沦陷区，他亲历过日军对东南亚的占领。

"小朋友，想一想，知识能够减少恐惧与失态。为什么孔子说，君子中庸，小人反中庸？无知的人更容易被极端、分裂、恐怖三种势力忽悠。知道的越多，包括语种与词汇越多，你就会越知道词语所要表达的存在其实很普通、很亲切、很自然、俚俗、普及，于是苦中作乐，彻底幽默。"

"大神,您说得真好。"我为他鼓掌。

"与其说什么大神,不如假装是禅学,干脆声明自身不过是屎橛。我喜欢小朋友你的那个说法,'明年我将衰老',当然,今年如果可能,还想再坚持一下——生龙活虎,欢蹦乱跳!"

"太好了,"我说,"正因为如此,您不应该独自一人过了二十五年,您自己刚刚说,只要是活人,就有爱的权利与使命。"

他笑了笑,没有说话。

过了两天,他请我喝咖啡。他将写好的一幅行草送给我,上书:"功名文卷,岂是平生意?"我未免震惊,我知道此语出自龚自珍的《湘月·天风吹我》,原文是"屠狗功名,雕虫文卷,岂是平生意?"极有力度。

"哈哈哈哈哈哈……"他笑起来了,他很少这样大笑的。他笑得真实和善。他让我给他讲一个我的幽默故事。

我说:"您讲的'幽默'的发音,有点接近北京话的'肉末儿',这是客家话口音吗?"他点点头,他还说,客家话把美国叫成米国。我说:"是的,日军占领的北京,孩子们冬天相互拼命挤到一起,是游戏也是取暖,这个游戏叫作'挤老米'。日语也是将美国写作米国。"

然后我说:"老毕竟是老,老不老本来无所谓。早在三十年前,已经有两位小哥哥宣布一位名家的'过时',开始时是每隔一两年宣布一次,让我想起马克·吐温的名言——'没有比戒烟更容易的了,我每年都戒好几次。'现在,虽然没有谁宣布,现在的青年已经早就把可以忽略的人忽略了。"

"也许是真的?"永不过时的翁大神甚至有点温柔,"及时地'过时'也是一种不错的选择,嗝儿屁最后还能结出红扑扑的'大海棠'来呢!可悲的不在于嗝儿屁与过时,而在于在最好的时间时机机遇下边,你没有做好应该做的事。'功成、名遂、身退、天之道''鞠躬尽瘁,死而后已',不同情况下有不同的选择,都好。对不起,如果你过时了,不必因为他仍在其时而着急、操心。一切都会过时与'krepie''的,小朋友们放心好了。"

我们都笑。

然后当着我的面将委内瑞拉咖啡豆打磨成粉,用最简单方便的越南制造、法国马德拉斯式——在印度则称为金奈式——咖啡过滤器过滤,做出了比星巴克的拿铁口味好得多的翁式咖啡,递给了我,讲了一些他在越南与印度的故事。然后说:"我要告诉你,我的失败谢幕的最后一章爱情篇页。"

芭 蕾

他说七十六岁时他的妻子因病去世了,他紧拉着妻子的手送走了妻子。后来,一些朋友关心他的此后生活。七十八岁的时候,他因事到达一个精致的城市,住到一个精致的花园住宅小区里。

"那里很好,有小溪也有不算小的池塘,有假山石也有总共三个亭子,有两座木桥、三座石桥、三座伸入到水域的栈桥,有两个圆形的还有一个八角形的用花岗岩修的户外舞池。当然,还有你可以说很好也可以说是莫名其妙的什么罗马式建筑的柱子。我说得不清楚,那里并没有罗马式建筑,但有罗马式建筑的柱子。

"而最可爱的是在比较宽大的栈桥与水池形成的夹角水域,我发现了闲养的大批金鱼,夸张一点说,鱼的数量使我想起杭州西子湖观鱼的'花港'。但是我们那里的鱼小,与我小时候见到父母养的小金鱼同一个品种,但它们有幸生活得千倍的辽阔与自由,它们拥有的不是高贵与装备齐全的鱼缸,而是活水、阳光、蓝天、芦苇、荷花、水草、浮萍、睡莲、细小的浮游昆虫。我每天会去观鱼多次。"

"鱼缸里养的金鱼是热带鱼,不太可能在户外的水池小湖里豢养的喽……"我插嘴说。

"哦,不是的,也许他们只是短期养着玩?呵,也不是的。他们找我不是为了宣扬房地产的开发,也无意通过馈赠房产炒作他们的公司。他们希望我在这里结识一位女士,一位舞蹈老师,在旗的,现在的说法就是满族同胞。当年跳过芭蕾,演过白天鹅和吉赛尔的C角,没有结过婚,她已经六十九岁了,少女的身材,挺拔的英姿,优雅的举止,比清洁还纯净,比纯粹还清爽的冰雪莹光,她让我想起了苏联人民演员乌兰诺娃与中国的薛菁华。尤其是她爱学习,她不仅有舞蹈家的身体,还有好学不倦的头脑,她与我探讨天体测量,牛顿的天体力学与爱因斯坦的天体物理。她也发表她的对中国经济体制改革,对证券、银行、保险与信托的绝对不外行的评估。

"最重要的是,她当然矜持,她的身上仍然有白天鹅与吉赛尔的骄傲,但是长年的独身生活并没有留下怪僻奇葩的格格不入,她仍然乐观,仍然乐于接受社交与公关,说到中国的舞蹈教育、舞蹈事业、文艺演出与市场化改革，她知道许多情况、许多麻烦，乃至一些扭曲和隐患，但是她仍然充满期待与祝愿，她不是愤愤不平的怨妇。

"这与其说是一个心理健康问题，一个三观方向问题，不如干脆说，这就是教养。

"而且她有一双大眼睛，多情的，同时是沉着的。不好意思，我也许本不应该这样说话。未能免俗。

"然而在决定我后半生命运的关键时刻，浪漫与幸福的彩霞之梦突然遭遇了莫名其妙的阴霾。

"……对不起，对不起。"翁老脸红了，他的手指与声音都有些变样。

我不解地看着他，同时示意：对我说什么，都可以轻松，再轻松，多一点天南海北，少一点念念不忘与痛心疾首。我故意笑出了一点声音。我的潜台词是，一切往事都不妨付诸一笑，好事、乐事、嘚瑟的事可以一笑；蠢事、坏事、痛悔的事，对于一个年近期颐的高士来说，更可以一笑，哪怕是苦笑，哪怕是含泪。只要您没有自杀的倾向与谋划，为什么不笑一笑呢？

他这位大神苦笑了，他说，是那一年的大暑节气，他清晨起床，他来到观鱼水湾，发现，一条鱼也没有了。他围绕着池塘寻找、寻找、再寻找，还是一条鱼也没有。

"这又是什么问题呢？"我眨了眨眼睛，不明白他要说什么。

他很长时间没有说话，他不想再回溯、再追踪、再解释与再懊悔。他说：

"我忽然认定是这位舞蹈家做了伤害金鱼的事，虽然这样想毫无依据。这里住着的客人，就我们俩，如果不是我做了伤害金鱼的事情，只可能是她。这样的思维逻辑，对吗？她是投毒？当然不可能。喂食过饱？也不会的。还是将自己的美容用品的残渣或者残汁泄漏到池水里？显然，也是胡思乱想。胡思乱想的结果是我睡不好觉。我还怀疑她也许悄悄地吸烟，我认识不少卓有成就而且极富魅力的单身女人吸烟。你问为什么？我不知道，到现在我也不知道。只能说是缘分，就是说，我们俩的缘分是没有缘分……在她告别离去的时候，我有意识地现出了冷淡，她有点惊奇，她于是显得更加高高在上，她干脆让我喘不过气来了。"

缘

我有点目瞪口呆,有点被吸引,好像看了一篇现代派的小说,越不易解,就越有味道。

半天,翁老没有说话,北京人管这种说话节奏叫作"大喘气"。

大喘气后,他说:"舞蹈家走了,我也定下了次日早晨六点二十九分回厦门的机票。凌晨时候我早早起了床,我走到宽栈桥与水池的湾处,我看到了更快乐、更兴旺的金鱼群,我欢呼而且顿足。我错了。"

"正如你讲的那次大眼睛秘书事件,错了,完全可以挽回呀。"我说。

他无语,下嘴唇与上嘴唇相互使了一点劲,他摇摇手,表示他不想再谈这个话题。

"后来呢？"我有一点皱眉。

"后来就没有后来了。"

我说："不，事实不一定是这样的，除非还有金鱼冤假错案以外的原因。黄昏恋不是一件容易的事情，单身是有自己的强大和较劲的，如果她到了六十九岁还没有结过婚，也许就很难再结婚了，除非遇到了奇迹。VIP的婚恋更是活活地要人的命。在人们的灵魂的深处……有一种自作聪明的提防与别扭。"

"也许，"他说，"芭蕾与细腰，大眼睛还有芭蕾舞女演员特有的锁骨与平胸，尤其是她们修长完美的腿，在我们梦中的一切，最美好的一切，都不容易变成现实。比如，如果您描写罗密欧与朱丽叶，他们婚恋成功，生了五个孩子，两人都活了与我们差不多的年纪……然后莎士比亚怎么向观众交代呢？正是由于遗憾，人生让我们留恋不已，回味不已。"

"那么，您说起的夏夜星空呢？您为什么还要仰望星空呢？这与康德到底有没有关系呢？"我问。

"也许是，我想以各式的连线把相距甚远的星星连接起来，我的一些绘画来自星空繁星的高远的启示。还有，我将希望寄托在新一代丁香上，我喜欢南唐中主，我更喜欢王国维，'醒后楼台，与梦俱明灭。西窗白，纷纷凉月，一院丁香雪。'其实只有'灭'，一定要灭，才能为'明'做证，为美好热烈的火热生活做出像模像样的证词。物穷而后无,无穷即无无,无得彻底必须是连无本身也无了才行,无得有有,还有无吗?无了无即返有,就是无限与永恒,灭了再灭则纷纷丁香无数,一院丁香如雪,也就是无灭,永生,也是永灭。"

"是佛法吗?"我问。

"当然不是。我喜欢的是数学、天文物理学,是'道法自然'和恩格斯的自然辩证法。而且我记忆着大的、更大的眼睛,诚实与专注的眼睛,无意中放出了光辉,照亮了你与我,有与无,明与灭。眼睛啊。"

"然而,"我说,"我们已经够满意的了,我们活得充实、热烈,有征伐也有苦熬,面临见识也遭遇嫉妒,许多时候是逢凶化吉,遇难成祥。试问,还能怎么样呢?"

同 游

一个年已小小耄耋的愣家伙,结识了一位即将期颐的寿翁,而且此位老哥仍然每天游泳千米,又知识又性灵,又好学好问又豁达幽默,又土又洋,又沧桑又见足了世面,又成竹又热情;这使小耄耋获得了多大的鼓舞,小朋友哇,成长到"了",如切如磋,如琢如磨,携兄之手,更上一层楼。

……响起一声电子信号:盛夏中伏,分外凉爽,我与翁老一起在昆仑山和阿尔卑斯山滑雪。我们轻松滑行,我们风驰电掣,我们回转急弯,我们跳跃升降,怪呀,我是什么时候学的本领,滑起雪来与三浦雄一郎有一拼了,他六十五岁首次登顶珠穆朗玛峰,八十岁时再次刷新了之前自己保持的纪录。二〇一八年八十五岁的他,登顶海拔 8201 米的卓奥友峰。

我们是没有翅膀的大鸟,我们是黄羊与麋鹿。我们耳边的风声奏出了肖斯塔科维奇《列宁格勒第七交响乐》的森严宏伟，我们眼前的白雪蓝天与山谷，好像传来了莫索尔斯基《图画展览会》的多彩多姿，《古堡》《杜衣勒里宫的花园》《基辅大门》俱全。我们的行进、速度、转移、声音与画面是这样激动人心人命，上去了，上去了；下来了，下来了；转弯了，转弯了；跨越了，跨越了，冲向云霄，降入山谷……

于是我们干脆开起了飞机，今宵我们要做一切过去的未能，学会过去一切的不会。翁耄苍是正驾驶，我是副驾驶，我为自己空中驾驶的无师自通的技巧而自我褒扬，而如醉如痴。究竟是怎样学的艺呢？我自来就会？我会看每一个图示，我把握每一个指针，我注意每一个明暗，我谛听每一处声响，我明白每一个需要我做的小小的操作，也知道应该怎样耳听六路眼观八方。我们迅速地穿过了各形各状的白云，我有时候清晰有时候模糊地看着机身下迷人的地图。多么神奇呀，敢情我会开飞机！也许我还能操纵战略导弹与宇宙飞船！

于是骑马，哈哈，进入了我的长项了，万岁，伊犁河谷，巩乃斯河与巩乃斯草原，焉耆马与伊犁天马，翻身跨越，我教翁老认镫上马，脚不能认得太深，太深了一旦出现情况下不来马会丢命，太浅了你稳不住马身上的自己。略略弯腰，重心前倾，这应该算是马上瑜伽。两腿用一点力量，避免骑马人的所谓"铲"了屁股，两腿夹一下再夹一下，抓住缰绳，扤两下马脖子上的痒痒肉，顺一下天马的鬃毛，它舒服了，它的感觉与你们被大眼睛的美女拍了拍脸蛋儿一样美好，发出了快乐的呜呜声。我轻轻用脚后跟踢达一下马肚皮，马立刻提高了速度，好马一加速自然就变得平稳了，像德国奔驰车一样平稳，好车在好路上的行走，不像是车轮飞转，而像是冰雪平面上的滑行。而当好马在草原上匀速跑起来以后，你的感觉是微波上小船的上上下下的滑行。最妙的是近百岁的翁耄苍，他干什么像什么，像什么会什么，干什么爱什么，马嘶人喊，风吹草动，雪山皑皑，蓝天湛湛，草原阔大，山花遍野，晴晴雨雨，山路弯曲而又漫长，人生新奇而且恒久。每个经验都同样新鲜，跑啊跑啊，我有点累了，腿有点麻了，心仍然像大丽花一样地铺张着与嘚瑟着。

于是一道游泳，一道做数学题，一道下棋，一道练少林拳与跆拳道，一道吟诗填词唱昆曲，一道肃立默哀，一道举杯祝愿……我们还要驾驶军舰和操纵导弹。

……是九月底烈士纪念日了，军乐团吹响纪念号，奏出了庄重深情的《献花曲》，许多人，包括我们俩，端望着呈现奋斗历史的汉白玉浮雕，缓缓地登上纪念碑的底座，献上了白花黄花。

晴空丽野且奔流，耄耋期颐复壮游。
三生不负马骤力，四海同操日月舟。

也曾凌志焕新颜,欲壮文心耕砚田。
梦想鱼龙庄与蝶,风云文墨岁经年。
老迈仍然万丈青,蓬勃春夏又秋冬。
遍野心音与妙谛,诗情乐感笑如风。
松鹤当知色未空,悲欣交汇庆今生。
蓬勃不已纷然事,美目凝眸无限情。
或曾歌舞颂天骄,挥洒诗文志气高。
老当益壮何须壮,对酒当歌风萧萧。
生老灭明未堪哀,欢喜怜愁入梦来。
书写汪洋千万相,苔花怒放百花开。

  我们想得很多,很老。仍然有生活,当然,仍然有时间和天饷,有幽默感。这一节我用了许多"于是"代替原来用过的"后来",二者同是连词,它们都具有"前事发生之后"的意思,二者是又有不同。请咀嚼"后来",并且品味"于是"吧,谢谢亲爱的小朋友们。

夏天的肖像

丈夫走了，涛声大了。

涛声大了，风声大了，说笑声与蚊子的嗡嗡声，粗鲁的叫卖吆喝声，都更加清晰了。

涛声大了。每一朵浪花奔跑而且簇拥。欢笑、热情、赤诚地扑了过来，投向绵延沉重的海岸线。而海岸是冷静的，理智得像驻外大使。它雍容，彬彬有礼，不做任何许诺。无望的浪花溅起追逐的天真。怎样奔跑过来的，又怎样忧郁地、依恋地退转回去。

这是永远的温存，永远的期待，永远的呼唤，永远地向远方、向海天一线眺望的目光。

又是电话，电话叫走了丈夫，电话比曼然的心愿更强。只来了三天。丈夫、多病的儿子、她，这是一个世界。太阳、地球、月亮是一个世界。学校、家庭、机关，这也是一个世界。她本来生活在小世界里。丈夫走了以后，大世界、大海的世界更大，而且更凸起。开阔而又陌生。

毕竟已经在海滨度过了三天。新兴的海滨旅游地，新新鲜鲜地招揽人，却又嘈杂、肮脏而且恶俗。一个莫名其妙地矗立在大道口的雕塑说是海神，曼然看着她，觉得更像是住家所在胡同口卖猪肉的大姐，那大姐当着排队的众人的面把好肉割下来，用荷叶片包起来，放在柜台下边，送给关系户。人们用耐心而又不以为然的漠然目光看着大姐一样的雕塑。游客在沙滩上在台阶上在底座上在虚假的洋灰亭子里公然拉屎拉尿,把玻璃罐头瓶砸碎踢开迎接游泳者的赤脚趾。一个长发——像逃犯而不像港仔——小伙子和他的同伙玩三张扑克牌的赌博,吸引了一群作壁上观的游客。警察也装作看不见——据说警察和小伙子们的交情不坏。然而人人都穿得不错,发饰、眼镜、遮阳伞与遮阳帽,花样层出不穷。人们突然迫不及待地现代化起来了,匆匆忙忙地来开发这块沉睡了千万年的海滩。

然而一走进大海就全然不同。踩上细柔的沙和硌脚的石头,闻见温润腥香的海的气味。波浪振摇聚散的黄、蓝、绿光晃弄着她的眼睛。特别是那一个又一个鲁莽而又亲切的浪头推触着拥抱着过滤着她。而风开阔自由得叫人掉泪。突然置身在一个大得没有边儿的世界里,那是一种突然受到了超度的大欢喜。许多的窗户都吹开了。许多的撕落了的日历放飞起来,像满天的风筝。许多的褪了色的贺年片上的小玩偶换上新衣,眼珠活动,唱出了耗尽电池喑哑多年的圣诞曲。

便回到那五光十色与一片安宁的树叶里去。跳猴皮筋的时候唱起无字的歌曲;戴上红领巾与中队长臂徽指挥一个中队敲响了铁皮鼓;在日记上画了一艘帆船而且把眼泪落在船帆上。突然对爸爸和妈妈那样厌烦而宁可去问一只雨后的蜻蜓:你快乐吗?和几个同学一起不买票而挤到火车上到神秘的远方去;在春季运动会上为了得名次而摔折了胫骨;第一次懂得了友谊的刻骨铭心和被背叛和出卖的痛苦。宣布绝交又终于和好了，忽然感觉到自己变成了一个狡猾的姑娘，便不再把自己真正的考试成绩吐露出去……这一切都已经过去了么？这一切都存储在大海里，等待着追寻和温习。

是不是从胎里便坐下了一种——教条儿？上小学以后便认定自己不应该且不能再玩羊骨拐。戴上了红领巾便不再跳皮筋；上了初中以后便不再读连环画故事；上了高中以后便一再拒绝在联欢会上表演拔萝卜舞；上了大学呢，上了大学以后便退出了篮球队与田径队；恋爱以后便不再在夏天游泳；结婚以后呢，结婚以后连电影院都很少去了。丈夫是个了不起的人，她每丢下一样稚气丈夫就升迁一次，而家里便增加一样新的设施：有二十英寸的彩色电视，它便是她的影院、舞台、俱乐部。而当八年前生了孩子以后，当孩子从小患了需要卧床休养的肾病以后，她除了丈夫和孩子以外已经什么都不要了。三十六岁的女人，她只要幸福。她已经得到了幸福。守着生病的儿子，讲她当年参加夏令营到大海里去游泳的传奇一样的旧事，这也是幸福。儿子细声细气地问道：妈妈，真的吗？

真的，真的，当然是真的。别怕，这里的水很浅。你踢呀，你打呀，你趴下，妈妈托住你的肚子。咯咯咯，你笑什么？你已经康复了，你会成为一个和别的男孩子一样有劲儿一样勇敢一样调皮的孩子。唰，唰，唰，溅，溅，溅。你说，海水好吗？对，别怕，让海水在你脖子上流，让海水从你的腰间流过，扎个猛子，让海水托着你打你的脸，让海水顺着你的每一根头发流。哈哈，也顺着我的头发流，当然。你看，海多大啊，多宽啊。那里是游得好游得远的叔叔。那里是气垫，是橡皮船。有了它我们可以游很远很远，没有它我们也可以游很远很远。等你病好了的时候，也许一个夏天不够，那就两个夏天，过两个夏天你是几岁？妈妈是三十八岁。我们一直游到那个比橡皮船还远的地方。我们一直游到比那个轮船还远的地方。也许我们能一直游到天津去。什么？游到美国去？那也行，傻孩子，美国有什么好？可口可乐？岸上的倒儿爷就卖可口可乐，他们是从美国倒来的，哈哈哈。孩子喝可口可乐不好。妈给你买汽水。唔，这儿的汽水可真坏，颜色绿得像槐树虫子。那……好，你在这里吃冰棍，我往深处游一下，你数一、二、三、四，等你数到一百五十我就回来。

妈妈，你游一个远远的去！

对于海，又有什么远远的呢？又有谁能做到远远的呢？划水，蹬水，滑行，她感到了自己在海里的行进。抬头，吸气，四下里茫茫洋洋，海是我的，我是海的。每个动作都唤起海水流过她的头顶、耳朵、鼻孔、眼睛，钻过洗过摸过她的每一个部分每一块皮肤游泳衣里里外外的每一道夹缝。一下，沙，两下，沙，三下，沙，她超过了一个又一个在浅滩上嬉戏的爱海又怕海的生手。三天的时间使她的每一个关节和每一根手指脚趾都恢复了活力和轻盈，三天的时间使她的七窍和肺叶恢复了均匀剔透的畅通，三天的时间恢复了她十三年也许更多年的与海的疏远。在红领巾夏令营里她游得像一条梭鱼。那时候下海的时候高声朗诵"提高警惕，保卫祖国，要准备打仗"和"下定决心，不怕牺牲"的语录，去游泳就像去杀敌。无私的海，还有什么能像海这样在久久的疏离之后毫无保留毫无芥蒂地接受她拥抱她触弄她和洗濯她，而且引着她招着她不停地前进呢！已经数到七十了。可儿子会不会数得快些呢！也许数到了一百三十八。也许数过一百五十他会惊慌会哭泣会以为她已经葬身在大海里。为了安全她给他讲过淹死人的故事。她已经惊吓过他幼小的心灵。这里人们又饶有兴味地传诵着据说是去年的海上罗曼事。说是有一对新婚夫妇度蜜月来到这里，租了一只橡皮船到深海里去。他们携带了一个西瓜，要在橡皮船上，在海浪的起伏上一起吃甜甜的多汁的西瓜。多美！新兴的寒碜而又雄心勃勃的海滨休养地宣称他们的目标是建成东方的威尼斯！然而，现代派的恶毒的舌头嘲弄着一切浪漫古典的温柔，甚至也容不下淡淡的忧伤。新郎操刀切瓜用力过猛，划破了橡皮船，船沉了，新郎新娘双双失却在海里。是殉情还是殉西瓜呢？摇头叹息以后又忍俊不禁。

儿子，我回来啦。你看见我游了多远了吗？你数够一百

四十九、一百五十了吗？你急了吗？妈妈，我没有数。我没有着急。我知道您一定会回来的。您游得可远了，您游远了，我再一数，您该多着急呀……

我亲爱的儿子！是你幼小卧床的经历使你懂得了被爱被照顾也懂了爱与照顾妈妈吗？该死的托儿所的二把刀医生！竟然在孩子感冒发烧的时候给孩子注射预防针。愚蠢是怎样的罪恶，它夺去了儿子那么多童年乐趣。当陌生人纷纷夸奖这个孩子真乖的时候，妈妈想大哭大闹一场！

她和儿子说得、玩得正好，世界只剩下了海、儿子和她自己。海能够代替父亲吗？海有没有父亲的性格？无所不在的海面的反光怪耀眼的。然而，以海的光为背景，她感到了出现在这里逆光的黑影一条。

转过脸去。是他。

清晨，她起得比等着看日出的人还早。在疗养所门口，她听到一个青年人与所长的谈话。

"我想找个住的地方……"

"房间全满了。"

"我可以住会议室或者仓库或者食堂或者随便什么地方。实在不行，您能允许我在树底下廊檐底下露宿也可以，我交钱。"

沉默了一会儿。钱的力量是动人的。钱就像爱情，你越抗拒就越是无法抗拒。

"可以。你可以住在木工房里。天亮了,你就得走。天黑以后可以回来。一天八块。你可以在这里洗淡水澡,只要有水。"

"吃饭呢?"

"吃饭不行。我们的食堂太小,只供应在这里休养的本机关的干部……外边有的是吃的,一碗汤面一块五,包子一块钱四个……"

协议达成了。这是一个瘦削的,虽然满身汗垢仍然令人觉得潇洒的青年。潇洒的是他提起他怪模怪样的行李的姿势。他像乐队指挥在演奏序曲以前那样甩一甩头。他个子很高,脸上身上没有一点多余的块块条条;眼睛有点小,却又像是因为矜持和礼貌而故意眯起来的。为什么要睁大眼睛呢,在面对未必欢迎你的目光的世界的时候?他向所长一笑,笑得既谦卑又骄傲。

他为什么站在那里,挡住一条条海的光,看着她呢?

她对自己的泳衣不好意思起来,拉着儿子就走。

便去吃冰淇淋。农民经营的"万国酒店"的冷饮部。有气派的名称,有闪闪灭灭的彩灯,有淋洒饮料的机器,有大柜台与各式各样的瓶子,有霓虹灯,有天知道是中国内地的还是港台的还是干脆是外国的咣叽咣叽的流行歌曲,有啤酒也有三色冰激凌。冰激凌的颜色鲜艳得过分便显得伪劣,吃到嘴里黏牙,莫非放多了面粉?

便去冲淡水澡,一会儿有水,一会儿没有。一会儿水冷得刺骨，一会儿烫得她大叫。真是绝了。

便和伙伴们一起玩扑克牌。牌老是出错，竟把红心当成了方块。伙伴们取笑她在想孩子的爸爸，然而她不知道自己在想什么。在乱哄哄的夏天，在海边，在有病的儿子身旁，在三十六岁的时候，她怎么知道自己在想什么呢？想家想丈夫想再下海想休息想抓着一个大鬼？

不玩牌了，去邮电局。新盖的邮电局散发着油漆味。营业厅很不小，只是到处蒙着一层尘土。有两个外国女孩子到这里来发信。她感到羞愧，不由自主地掏出手绢擦柜台上的土。然后她与丈夫通了电话。在疗养所叫电话总是叫不通。

"出了什么事？宝宝发烧了么？"丈夫的口气里充满了惊慌。

"没有。宝宝很好。我问……"

"呵，把我吓坏了，他真的没有发烧？医生说，一定要避免感冒。而且他对青霉素过敏……"

"……"

"那你打电话干什么呢？有什么别的事吗？安全方面怎么样？没有把粮票钱票弄丢吧？在我回来以前，你一个人最好不要下海，下海也不准离岸超过五米。太危险！这可不是闹着玩儿的！安全第一！安全第一！你有什么事？你方才说你问，你要问什么呢？我刚开会呀，现在还在开会呢。"

她很抱歉。她放下了电话，交了四块多钱。无缘无故地打长途，又干扰丈夫的工作又浪费钱。她太不对了。

便回房间，听正在施工的掘土机的轰响，闻柴油燃烧所释放的气体。听小贩叫嚷："包子！包子！大馅的包子！一块钱四个！""盒饭！盒饭！两块钱一份！""照相来！照相来！柯达彩色照片！"中国真伟大，要什么有什么。说"红卫兵"呼啦一下子都成了红卫兵，说做买卖一下都成了买卖人。说旅游呢，到处便都是"万国酒店"了。

晚上一处红红绿绿的霓虹灯闪烁的地方说是有歌舞表演。歌舞团才组织起来三个月，大多是农民的女儿。看着农民的女儿们穿着超短裙、高跟鞋，烫着头发抹着口红拿着话筒说着"谢谢，谢谢……"在架子鼓和电吉他的伴奏下唱起邓丽君唱剩下的歌！银河，银河……伴着我……曼然不知道这是有趣还是肉麻，是热闹还是寂寞。

她领着孩子走出来，心想，也可以睡了。在家里过去一般是十一点睡觉，有了孩子便陪孩子早睡，十点睡过，九点半睡过，九点也睡过。那年夏天，孩子病得最厉害的时候，一天傍晚乌云密布，雷雨交加，孩子要睡，丈夫出差开会，她便在八点多陪孩子睡下了。刚睡下不久，阵雨过去，雨过天晴，夕阳竟又把世界照得亮亮的。她醒了，看着窗外的耀眼阳光，一时竟以为已经睡到了第二天早上——原来长长的一夜还没有开始呢！

在与自己住的休养所相邻的一间大楼里，传出来极悦耳的钢琴声。她停住了。

看门人向她做出一个"请进"的手势，她进去了。

她来到大厅。只有二十几个观众。一位女钢琴家正在用不知道多少个手指揿动琴键，发出令人沉醉的高雅的声音。

她屏气静神。钢琴，竟然也成了已逝的往事。小时候她还练过琴、想过琴呢。一上中学她就断然与钢琴告了别。她呆住了。她没有想到超出周围的环境与人之上，这里竟有真正的艺术家。她静听着潮水一样、风一样、马蹄一样的琴声。琴声一阵又一阵地弹过来又弹出去，好像一只在树林里迷了路的鸟，东飞西撞，急切而又天真，偏偏找不到飞向天空的路。鸟变得急躁、失望、痛苦。它的翅膀已经扇不动了，落到了积满落叶的地上……那钢琴家的容貌和神态尤其令她动心。是不是上中学、梳两条辫子的时候她听过她的演奏呢？那时候她用吃早点节省下来攒下来的钱去买音乐会的票子。那一位女钢琴家也是穿着黑色的连衣长裙，头发上系着一根丝带。她好像忘记了自己身在何处和正在做什么。好像正有一个感觉从她的身体深处灵魂深处升起。那样痛楚，那样紧皱，那样切割，那样逗弄，那样纠缠得甜蜜，而又那样舒展自由。你要仔细地端详，努力去发现她的随着音乐不断变化的表情，那种自身比钢琴还灵敏的对于手指的感应。她是笑了吗？痛苦了吗？紧张了吗？迷恋了吗？摇头了吗？闭眼睛了吗？用力了吗？快乐而又满足了吗？她的表情似乎和音乐一样微妙、变化多端、不可思议而又令人落泪，令人兴奋激扬。她的神圣体验把十一岁的女小学生曼然带入了一个彼岸的世界。

像旧梦的重温，像打开了一间封闭已久的房屋，像找到了一封遗失多年的来信，曼然盯住了钢琴家，其神情随着钢琴家神情的变化而变化起来。

我真羡慕呀。曼然不知道自己是不是说出了声。

又一个新的曲子开始演奏了。曼然竖起耳朵捕捉着这陌生的旋律——有什么办法呢，很长时间，她没有听过正经的音乐特别是钢琴了。丈夫回到家，顶多听听通俗歌曲和电影插曲。

"是《B小调奏鸣曲》，李斯特的。"旁边似乎有人轻声告诉她。

她略一旁视，才发现身旁坐着的是那个住木工房的潇洒的年轻人。他也在这里！

他们一起走回休养所，随便说了几句后来完全记不起来的话，分手时还说了"再见"。要不要说"晚安"呢？似乎太洋了一点。

第二天他来敲她的门。那时她吃过早饭，正与儿子下动物棋。

"我想给您画一张像。我是美术学院的教师，这是我的工作证。"他说,公事公办,很严肃。

"不,对不起我不同意。"她立即拒绝,而且慌乱起来。

"真的不可以吗?"

"嗯。您为什么要画我呢?您可以画别人。"

年轻的画家毫无表情地转身而去。

她心慌意乱。和儿子下棋的时候竟把大象往老鼠的嘴下送,又把狮子当成了豹子,给她画一张像?这么说,她有什么值得入画的吗?为什么不去给那个女钢琴家画像呢?还没有见过比她更美丽更动人的人。而自己,自己又有什么可画的呢,她将在画家的画笔和颜料下,留下什么样的形象呢?昨晚还和人家并排坐着听音乐,并听取人家的介绍。而今天突然这样不讲礼貌地拒绝了。连考虑都没有考虑,连一声"让我考虑考虑"都没说就断然拒绝。难道有什么断然拒绝的道理或者规定吗?有什么不好呢?即使是被一个陌生人画进了他自己的画。真是从小就不知不觉地变成了不折不扣的教条主义者了呀……再也不会有这样的机会了。

"我想给您画一张像,可以吗?"

一连几个小时,他的问话、他的声音都在耳边回旋。那声音似乎是黏重的,滞留在空气里和她的耳朵里,难以消除。在下午游泳的时候,在游离了海岸一百五十米以后,在有规律的划水蹬水声中,她突然听见海浪轻轻地说:

"给您画一张像，可以吗？"

可以，可以，她要大喊。欢迎！欢迎！谢谢你！谢谢你！为什么不给我画像呢？就画我在海边，在海里；就画我穿着泳装；就画我跳猴皮筋；就画我坐在音乐厅的软椅上听音乐；就画我弹钢琴或者开飞机或者在空中跳伞吧。我还没有那么老，我还活着。我的手臂划水的时候还铆足了力量，我还分明受到了海潮的鼓动与催促，分明感受到了大海是如许温热。我还像李斯特的钢琴曲一样的热烈和活泼。

"给您画……可以吗？"

不，我不同意。她却是这样回答。谁命令她这样回答的？

一阵激动。她呛了一口水，咳嗽起来。她忽然一闪念，也许就是这一次了，她将沉没在汪洋大海里。她将晕倒，呛水，抽筋，恐怖地挣扎，愈挣扎愈陷入海底。十几分钟以后——也许用不了那么长时间，她的身体将会轻轻静静地漂上来，她将变得苍白、浮肿，像一块被浸泡的面包，她将受到惊呼，受到痛惜。她的儿子将呆呆地望着已经永远失去的母亲。她的丈夫将哽咽着跺脚：真是胡闹，真是胡闹！临走时我早就嘱咐过她，我不在，你不要下海！你不得下海！绝对不准下海！一片混乱。然后，她被忘记，她没有留下肖像，连一张理想的照片都没有，她所在的城市照相馆的技工，怎么都那么蠢呢？所以世界照常运行，连丈夫和儿子也将接受这一切并且习惯下来。

画家也将把她忘记。她有生以来本来也没有引起过任何画家的注意。这究竟有什么不好呢？反正人总是要死的，老得不成样子了，然后麻麻烦烦地去死，往鼻子里插管子，割开喉头，不间断地输氧，一身屎、尿、褥疮，然后在手忙脚乱的假惺惺地抢救之后彻底完蛋，又比淹死在大海里好在什么地方呢？

这实在是一个非常勇敢非常美好的幻想……可惜的是，她摆脱不了俗套，摆脱不了那把她拴在岸上的铁的法则。怎么游出去的，便又怎么乖乖地游了回来。往大海深处游去的时候又兴奋、又壮丽、又紧张、又骄傲。往回游的时候，又安全、又忧伤、又单调、又疲乏。一切就像高高昂起了倔强的头颅，却又深深地把头低了下去。

晚上儿子突然发起烧来。乖儿子一再说："妈妈，您别着急，我没有什么。"孩子的懂事更使妈妈心疼，曼然掉下了泪来。她找休养所所长，又麻烦了服务员、司机，找来一辆面包车。从木工房里跑出来年轻的画家，他也在一边忙忙活活，意欲助人为乐，好像也有他的什么事似的。曼然几乎是粗暴地把他轰走了；然后去到一家部队的医院；然后说好话，亮牌子，说明儿子的爸爸是谁谁。休养所所长还暗示他们曾经帮助这家部队医院解决过名牌白酒和新鲜对虾。便给孩子临时在病室走廊加了一张床，静脉打点滴，生理盐水、抗生素和葡萄糖。医生说这个海滨的发病率非常之高，高烧拉肚子的人比比皆是。

食品卫生是一个大问题。曼然不住地点头，完全赞成医生的看法，而且认为这些看法与儿子的病一样重要。

后来孩子就睡着了，医生也去睡了。病房里的所有病人与病人家属都睡得很香，好像根本不存在什么恼人的病。当然，所长、司机、服务员与面包车早已走掉了。只有曼然难以入睡，她摸着儿子的发热的额头，痛苦地感觉到这场病是上天对她的惩罚。游泳游的，她的心太野了。

第二天天亮以后儿子病就好了。回去休息，巩固一下，再吃点消炎药，退烧药备用，发烧时再吃，不烧就不吃。面包车便又来了，只有司机和年轻的画家。画家赶忙解释说："所长让我来的。别人，白天脱不开身，您去办手续，我帮您抱孩子。"

孩子平安地回到了休养所。妈妈不停地给孩子讲小时候已经讲过许多遍的孔融让梨与猴子捞月亮的故事。给孩子的爸爸又打了一个电话，她向丈夫忏悔，她没有照顾好孩子，她没有完成任务，她对不起他们父子。恰恰丈夫也要打电话来，说是这个会以后又有一个新安排的会，必须去。这就是说，不可能再回来陪她休息。怎么变成了陪我？她不解地想。便说等孩子的康复一巩固便马上回家，而且她加了一句："我再也不下海去游泳了。"

第三天上午十点四十四分的回城火车。吃过早饭以后，画家拿来一张炭画素描。画的是那个女钢琴家，她高雅地坐在琴凳上，目光那么含蓄，那么深情，那么遥远，好像有许多话要说；微微偏着头，那角度和阴影令人赞叹。

"如果您喜欢，就把它留下吧。"画家毕恭毕敬地、温柔地说。

"您画了那个钢琴家！真难得，只不过听了一晚上的曲子。您画的这个角度，这个神态实在是太好了！"曼然十分友好地说。

"您再看一看……您再看一看……"画家请求说。

"是的，这衣裳和琴凳画得也非常好，整个气氛非常协调……"

"我不是说这个……"画家的声调似乎有点急躁。

"您难道看不出来……"画家又说，"我画的是您吗？您和那位女钢琴家，双胞胎一样的相像。您的眼睛您的神态比她的还更富有情感……对不起，我并不认识您，我也许不应该这样画。我请求为您画像，遭到了您的拒绝……但我还是画了。如果您生气，就把它毁了吧。再见！您好像给孩子穿得太厚了……祝您好。"

离去的时候曼然才意识到，自己对这个新兴的海滨旅游点的腹诽，是太苛刻了。最重要的是这里有海，有人，有涨潮与落潮。连那些吵吵闹闹推推搡搡肮肮脏脏也叫人心疼。农民的女儿扭着腰肢唱邓丽君又有什么不可以呢？难道中国的女孩连扭腰的资格也没有吗？也许终于会扭出点新花样，也许扭了一阵子就不扭了，也算是坐到了，坐过了这一站。了不起的钢琴家，离着真正欣赏你，还远得很。那些高雅的绅士淑女，那些伟人，如果落到了我们的农民我们的百姓的境遇，也许表现出来的风度还不如他们。谁也没有权利抱怨和责备别人，正像没有权利抱怨和要求退还自己脚下的土地。这是多么可爱的土地哟！

她怀着完全谅解、疼爱和留恋的心情在火车站台上徘徊。她东张西望，等待着，等待着。离开车只有十分钟了，广播喇叭在催促"送客的同志"赶快离开车厢。列车员示意要她迅速上车。她仍然蛮有把握地等待着。直到最后一分钟她仍然相信，他会来的。那个素昧平生的画家孩子会来的。是他发现了她，了解了她在海里、在钢琴演奏的时刻乃至孩子生病的时刻所感觉到的一切。他画的那个"她"的目光里有多少含蓄的渴望和飞不出茂林的鸟儿的痛苦，那圣洁的面容正是她梦寐以求的。那肖像才是真正的被找出来的她！她愿意为这样的面容这样的目光去死。这次，在车站上，在临别的时刻她要接受他的赠画，然后，她也要去弹钢琴，她也要去作画。她将欢迎他再画自己，她可以为他的绘画端坐四十分钟或四百四千分钟。她还要再问问自己，你是怎么样的，你能够是怎么样的。她要握紧他的手，说一声"谢谢你"！

火车开了。她恍惚看到那画家奔跑而来，那个画上的更好的她奔跑而来。她向他们招一招手。她知道这一年的夏天已经离她而去。